ARTHUR SCHNITZLER

DER EINSAME WEG

SCHAUSPIEL IN FÜNF AKTEN

PHILIPP RECLAM JUN. STUTTGART

Universal-Bibliothek Nr. 8664

Mit Genehmigung des S. Fischer Verlages, Frankfurt am Main
Satz: Sommer, Feuchtwangen
Druck und Bindung: Reclam, Ditzingen
Printed in Germany 1998

ISBN 3-15-008664-7

PERSONEN

Professor Wegrat, *Direktor der Akademie der bildenden Künste*
Gabriele, *seine Frau*
Felix } *deren Kinder*
Johanna } *deren Kinder*
Julian Fichtner
Stephan von Sala
Irene Herms
Doktor Franz Reumann, *Arzt*
Diener *bei Fichtner*
Diener *bei Sala*
Stubenmädchen *bei Wegrat*

Wien – Gegenwart

Uraufführung am 13. Februar 1904
im Deutschen Theater in Berlin

ERSTER AKT

Das kleine Gärtchen am Hause des Professor Wegrat. Es ist beinahe gänzlich von Häusern umschlossen, so daß jeder freie Ausblick fehlt. Rechts im Garten das kleine einstöckige Haus mit gedeckter Holzveranda, von der drei Holzstufen herabführen. Auftritt sowohl von der Veranda aus als auch rechts und links vom Hause. Ungefähr in der Mitte der Bühne ein grüner Gartentisch mit passenden Sesseln, ein bequemerer Fauteuil, links an einem Baum eine kleine Eisenbank.

ERSTE SZENE

Johanna spaziert im Garten auf und ab. Felix tritt auf in Ulanenuniform.

Johanna *(sich umwendend).* Felix!

Felix. Ja, ich bin's.

Johanna. Grüß' dich Gott. – Wie ist denn das möglich, daß du schon wieder Urlaub bekommen hast?

Felix. Es ist nicht auf lang. – Nun wie geht's der Mama?

Johanna. In den letzten Tagen ganz leidlich.

Felix. Meinst du, sie würde erschrecken, wenn ich so unerwartet vor sie hinträte?

Johanna. Nein. Aber warte doch lieber ein bißchen. Jetzt schlummert sie. Ich komme eben aus ihrem Zimmer. – Wie lang bleibst du denn bei uns, Felix?

Felix. Morgen abend geht's wieder fort.

Johanna *(mit dem Blick ins Weite).* Fort ...

Felix. Es klingt nur so großartig. Gar so weit ist man ja doch nicht, in keiner Beziehung.

Johanna. Du hast es ja so sehr gewünscht ... *(Auf seine Uniform deutend.)* Nun hast du's erreicht. Bist du nicht zufrieden?

Felix. Jedenfalls ist es das Vernünftigste von allem,

was ich bisher angefangen habe. Denn nun spüre ich wenigstens, daß ich unter gewissen Umständen etwas leisten könnte.

Johanna. Ich glaube, du würdest es in jedem Beruf zu etwas bringen.

Felix. Ich zweifle doch, daß ich als Advokat oder als Techniker meinen Weg gemacht hätte. Und im ganzen fühle ich mich jetzt bedeutend wohler als jemals zuvor. Es scheint mir nur manchmal, als wenn ich nicht zur rechten Zeit geboren wäre. Vielleicht hätt' ich auf die Welt kommen sollen, als es noch nicht so viel Ordnung gab, als man allerlei wagen konnte, was man heute nicht mehr wagen darf.

Johanna. Ach, du bist doch frei, kannst dich rühren.

Felix. Doch nur innerhalb gewisser Grenzen.

Johanna. Weiter wie diese werden sie jedenfalls sein.

Felix *(um sich blickend, lächelnd)*. Es ist doch kein Gefängnis ... Der Garten ist wirklich hübsch geworden. Wie armselig sah's da aus, als wir Kinder waren. – Was ist denn das? Ein Pfirsichspalier! Das macht sich sehr gut.

Johanna. Eine Idee von Doktor Reumann.

Felix. Das hätt' ich mir denken können.

Johanna. Wieso?

Felix. Solche Nützlichkeitseinfälle trau ich in unserer Familie niemandem so recht zu. Wie steht's denn übrigens mit seinen Aussichten? ... für die Professur in Graz mein ich natürlich.

Johanna. Darüber ist mir nichts Näheres bekannt. *(Sich abwendend.)*

Felix. Die Mutter hält sich wohl in diesen schönen Tagen viel im Freien auf?

Johanna. Ja.

Felix. Liest du ihr noch manchmal vor? Versuchst du, sie ein wenig zu zerstreuen? aufzuheitern?

Johanna. Als wenn das so leicht wäre.

Felix. Man muß sich eben zusammennehmen, Johanna.

Johanna. Du hast gut reden, Felix.

Felix. Wie meinst du das?

Johanna *(vor sich hin).* Ich weiß nicht, ob du mich verstehen wirst.

Felix *(lächelnd).* Warum sollt' ich dich mit einem Male nicht verstehen können?

Johanna *(ihn ruhig ansehend).* Ich habe sie nicht mehr so lieb, seit sie krank ist.

Felix *(befremdet).* Wie?

Johanna. Nein, es ist unmöglich, daß du es ganz verstehen kannst. Immer weiter rückt sie von uns ab ... Es ist, wie wenn jeden Tag neue Schleier über sie herabsänken.

Felix. Und was sollte das zu bedeuten haben?

Johanna *(sieht ihn ruhig an).*

Felix. Du glaubst ...?

Johanna. Ich täusche mich nicht in diesen Dingen, das weißt du, Felix.

Felix. Ich weiß es? ...

Johanna. Als die kleine Lilli von Sala sterben mußte, hab ich es gewußt – bevor die andern ahnten, daß sie krank würde.

Felix. Du hattest es geträumt – und warst ein Kind.

Johanna. Ich hatte es nicht geträumt. Ich hab es gewußt. *(Herb.)* Ich kann das nicht erklären.

Felix *(nach einer Pause).* Und der Vater – ist er gefaßt?

Johanna. Gefaßt? ... Denkst du denn, *er* sieht auch die Schleier sinken?

Felix *(nach einem leichten Kopfschütteln).* Es sind Einbildungen, Johanna – gewiß. – Aber nun will ich doch ... *(Wendet sich dem Hause zu.)* Der Vater ist noch nicht zu Hause?

Johanna. Nein. Er kommt jetzt gewöhnlich recht spät. Er hat sehr viel in der Akademie zu tun.

Felix. Ich werde sie womöglich nicht aufwecken; ich geb schon acht. *(Über die Veranda hin ab.)*

ZWEITE SZENE

Johanna eine Weile allein, hat sich auf einen Gartensessel gesetzt, die Hände über den Knien ineinander verschlungen. Sala tritt ein. Er ist 45 Jahre alt, sieht aber etwas jünger aus. Schlank, beinahe mager, glatt rasiert. Dunkelblondes, rechts gescheiteltes, nicht zu kurzes Haar, das an den Schläfen zu ergrauen beginnt. Seine Züge sind scharf und energisch, die Augen grau und klar.

Sala. Guten Abend, Fräulein Johanna.
Johanna. Guten Abend, Herr von Sala.
Sala. Man sagt mir, Ihre Frau Mama schlummere ein wenig; so habe ich mir erlaubt, indessen in den Garten zu treten.
Johanna. Felix ist eben angekommen.
Sala. So? Haben sie ihm schon wieder einen Urlaub gegeben? Zu meiner Zeit waren sie bei dem Regiment viel strenger. Allerdings lagen wir damals an der Grenze, in Galizien irgendwo.
Johanna. Das vergeß ich immer, daß Sie das auch mitgemacht haben.
Sala. Ja, es ist schon lange her. Hat auch nur ein paar Jahre gewährt. Aber es war recht schön, wenn ich so zurückdenke.
Johanna. Wie das meiste, was Sie erlebt haben.
Sala. Wie so manches.
Johanna. Wollen Sie sich nicht setzen?
Sala. Danke. *(Setzt sich auf die Lehne eines Gartenfauteuils.)* Darf ich? *(Er nimmt eine Zigarette aus seiner Dose und zündet sie nach einem zustimmenden Nicken Johannas an.)*
Johanna. Wohnen Sie schon in Ihrer Villa, Herr von Sala?
Sala. Morgen zieh ich ein.
Johanna. Sie freuen sich wohl sehr darauf?
Sala. Dazu wär' es zu früh.
Johanna. Sind Sie so abergläubisch?
Sala. Wenn's darauf ankommt — o ja. — Aber es ist nicht deshalb. Ich beziehe sie nur vorläufig, nicht definitiv.

Johanna. Warum denn?

Sala. Ich werde auf Reisen gehen – für längere Zeit.

Johanna. So? Sie sind sehr zu beneiden. Das möcht ich auch können, in der Welt herumfahren, mich um keinen Menschen kümmern müssen.

Sala. Noch immer?

Johanna. Noch immer ... Wie meinen Sie das?

Sala. Nun, ich erinnere mich, daß Ihnen schon als ganz kleines Mädchen diese Wanderpläne durch den Sinn gingen. Was wollten Sie nur werden? ... Tänzerin, glaub ich. Nicht wahr? Eine sehr berühmte natürlich.

Johanna. Warum sagen Sie das, als ob es so etwas Nichtiges wäre, eine Tänzerin zu sein? *(Ohne ihn anzusehen.)* Gerade Sie sollten das nicht, Herr von Sala.

Sala. Warum denn gerade ich nicht?

Johanna *(blickt ruhig zu ihm auf)*.

Sala. Ich weiß nicht recht, wie Sie das meinen, Fräulein Johanna ... oder sollt' ich doch ... *(Einfach.)* Johanna, haben Sie gewußt, daß ich Sie damals sah?

Johanna. Wann?

Sala. Im vorigen Jahre, als Sie auf dem Lande wohnten, und ich einmal in der Mansarde übernachtete. Es war heller Mondschein, und eine Elfe, glaub ich, schwebte auf der Wiese umher.

Johanna *(nickt lächelnd)*.

Sala. Schwebte sie für mich?

Johanna. Ich hab Sie wohl gesehen, wie Sie hinter dem Vorhang standen.

Sala *(nach einer kleinen Pause)*. So werden Sie vor andern Menschen wahrscheinlich doch nie tanzen.

Johanna. Warum? ... Ich hab wohl schon. Und Sie haben mir auch damals zugesehen. Es ist freilich lange her. – Es war auf einer griechischen Insel. Viele Männer standen im Kreise um mich her – Sie waren unter ihnen – und ich war eine Sklavin aus Lydien.

Sala. Eine gefangene Prinzessin.

Johanna *(ernst)*. Glauben Sie nicht an solche Dinge?

Sala. Wenn Sie es wünschen – gewiß.

Johanna *(ernst bleibend).* Sie sollten alles glauben, woran die andern nicht glauben können.

Sala. Wenn die Stunde dazu kommt, tu ich's wohl.

Johanna. Sehen Sie – ich für meinen Teil kann mir alles andere eher vorstellen als dies, daß ich nun zum ersten Male auf der Welt sein sollte. Und es gibt Augenblicke, in denen ich mich ganz deutlich an allerlei erinnere.

Sala. Und solch ein Augenblick war damals?

Johanna. Ja, vor einem Jahre, als ich in einer mondhellen Sommernacht über eine Wiese tanzte. Es war gewiß nicht das erstemal, Herr von Sala. *(Nach einer kleinen Pause, plötzlich in anderm Tone.)* Wohin reisen Sie eigentlich?

Sala *(den Ton aufnehmend).* Nach Baktrien, Fräulein Johanna.

Johanna. Wohin?

Sala. Nach Baktrien. Das ist ein sehr merkwürdiges Land, und das Merkwürdigste ist, daß es gar nicht mehr existiert. Ich schließe mich nämlich einer Gesellschaft an, die im November dahin abgeht. Sie haben vielleicht in der Zeitung davon gelesen.

Johanna. Nein.

Sala. Es handelt sich um Ausgrabungen an der Stätte, wo vermutlich das alte Ekbatana stand – vor etwa sechstausend Jahren. Das liegt noch vor Ihrer lydischen Zeit, wie Sie sehen.

Johanna. Wann sind Sie denn auf diese Idee gekommen?

Sala. Erst vor wenigen Tagen. Gesprächsweise sozusagen. Graf Ronsky, der Leiter der Sache, hat mir so große Lust dazu gemacht. Es gehörte nicht viel dazu; er kam einer alten Sehnsucht von mir entgegen. *(Lebhafter.)* Denken Sie nur, Fräulein Johanna: Mit eigenen Augen sehen, wie solch eine begrabene Stadt allmählich aus der Erde hervortaucht, Haus um Haus, Stein um Stein, Jahrhundert um Jahrhundert. Nein, es war mir nicht bestimmt, dahinzugehen, eh' mir dieser Wunsch erfüllt wird.

Johanna. Warum reden Sie denn vom Sterben?

Sala. Gibt es einen anständigen Menschen, der in irgendeiner guten Stunde in tiefster Seele an etwas anderes denkt?

Johanna. Ihnen ist wohl nie ein Wunsch unerfüllt geblieben.

Sala. Keiner ...?

Johanna. Ich weiß, daß Sie auch viel Trauriges erlebt haben. Aber manchmal glaub ich, Sie haben auch das ersehnt.

Sala. Ersehnt ...? Genossen, wenn es kam, da mögen Sie wohl recht haben.

Johanna. Wie gut versteh ich das! Ein Dasein ohne Schmerzen wäre wohl so armselig wie ein Dasein ohne Glück. *(Pause.)* Wie lang ist's her?

Sala. Was meinen Sie?

Johanna *(leise).* Daß Frau von Sala gestorben ist.

Sala. Das ist sieben Jahre her, beinahe auf den Tag.

Johanna. Und Lilli ... im selben Jahre?

Sala. Ja, Lilli starb im Monat drauf. Denken Sie noch manchmal an Lilli, Fräulein Johanna?

Johanna. Recht oft, Herr von Sala. Ich habe seither keine Freundin gehabt. *(Vor sich hin.)* Zu ihr müßte man jetzt auch „Fräulein" sagen. Sie war sehr schön. Sie hatte so dunkles blauschillerndes Haar wie Ihre Frau und so klare Augen wie Sie, Herr von Sala. *(Vor sich hin.)* „Nun gingt ihr beide, gingt ihr Hand in Hand, die dunkle Straße in ein lichtes Land ..."

Sala. Was Sie für ein Gedächtnis haben, Johanna.

Johanna. Sieben Jahre ist das vorbei ... wie sonderbar.

Sala. Warum sonderbar?

Johanna. Sie bauen sich ein Haus und graben versunkene Städte aus und schreiben seltsame Verse, — und Menschen, die Ihnen so viel gewesen sind, liegen schon seit sieben Jahren unter der Erde und verwesen, — und Sie sind beinahe noch jung. Wie unbegreiflich ist das alles!

Sala. Du, der da weiterlebt, laß ab zu weinen, sagt Omar Nameh, geboren zu Bagdad im Jahre 412 der mohammedanischen Zeitrechnung als Sohn eines Kesselflickers. Übrigens kenn ich einen, der dreiundachtzig

Jahre alt ist; er hat zwei Frauen begraben, sieben Kinder, von den Enkeln ganz zu geschweigen, und spielt Klavier in einem schäbigen Praterwirtshaus, während sich auf der Bühne Künstler und Künstlerinnen produzieren in Trikots und fliegenden Röckchen. Und neulich, als die armselige Produktion zu Ende war und man die Laternen auslöschte, spielte er rätselhafterweise auf dem gräulichen Klimperkasten unbeirrt weiter. Und da haben wir ihn eingeladen, Ronsky und ich, sich zu uns zu setzen, und haben mit ihm zu plaudern angefangen. Und nun erzählte er uns, daß das letzte Stück, das er da oben gespielt hatte, seine eigene Komposition war. Wir machten ihm natürlich unsere Komplimente. Und da leuchteten seine Augen, und mit seiner zittrigen Stimme fragte er uns: „Glauben Sie, meine Herren, wird mein Werk Erfolg haben?“ Dreiundachtzig Jahre ist er alt, und seine Karriere endet in einem kleinen Praterwirtshaus, und sein Publikum sind Kindermädchen und Feldwebel, und seine Sehnsucht ist – daß die ihm Beifall klatschen!

DRITTE SZENE

Johanna. Sala. Doktor Reumann.

Doktor Reumann. Guten Abend, Fräulein Johanna. Guten Abend, Herr von Sala. *(Reicht beiden die Hände.)* Wie befinden Sie sich?

Sala. Vorzüglich. Man ist Ihnen doch nicht verfallen, wenn man *einmal* die Ehre gehabt hat, Sie um Rat zu fragen!

Doktor Reumann. Daran hatt' ich selbst schon vergessen. Aber es gibt Leute, die sich dergleichen einbilden. – Mama ruht wohl ein wenig, Fräulein Johanna?

Johanna *(war durch das kurze Gespräch zwischen dem Arzt und Sala betroffen und betrachtete Sala aufmerksam).* Sie wird wohl schon wach sein. Felix ist bei ihr.

Doktor Reumann. Felix ...? Man hat doch nicht etwa um ihn telegraphiert?

Johanna. Nein, soviel ich weiß. Wer hätte denn ...?

Doktor Reumann. Ich dachte nur. Ihr Papa ist manchmal so ängstlich.

Johanna. Da kommen sie.

VIERTE SZENE

Johanna. Sala. Doktor Reumann. Frau Wegrat und Felix von der Veranda her.

Frau Wegrat. Grüß' Sie Gott, lieber Herr Doktor. Was sagen Sie zu der Überraschung?
(Freundliches Händedrücken zwischen den Herren.)

Frau Wegrat. Guten Abend, Herr von Sala.

Sala. Ich freue mich, gnädige Frau, Sie so wohl zu sehen.

Frau Wegrat. Ja, es geht mir ein wenig besser. Wenn nur die traurige Jahreszeit nicht so nahe wäre.

Sala. Aber gnädige Frau, jetzt kommen ja erst die allerschönsten Tage. Wenn die Wälder rot und gelb schimmern, der goldene Dunst über den Hügeln liegt und der Himmel so fern und blaß ist, als schauerte ihn vor seiner eigenen Unendlichkeit —!

Frau Wegrat. Das möchte man wohl noch einmal sehen.

Doktor Reumann *(vorwurfsvoll)*. Gnädige Frau —

Frau Wegrat. Verzeihen Sie, es kommen einem manchmal solche Gedanken. *(Heiterer.)* Wenn ich nur wenigstens wüßte, wie lange mir mein guter Doktor noch erhalten bleibt.

Doktor Reumann. In dieser Hinsicht kann ich Sie beruhigen, gnädige Frau: Ich bleibe in Wien.

Frau Wegrat. Wie? Ist die Sache schon entschieden?

Doktor Reumann. Ja.

Felix. Ist also richtig ein anderer nach Graz berufen worden?

Doktor Reumann. Das nicht. Aber der andere, dem

die Stelle so gut wie sicher war, hat sich auf einer Bergtour den Hals gebrochen.

Felix. Da wären doch jetzt Ihre Chancen die allerbesten? Wer außer Ihnen käme denn noch in Betracht?

Doktor Reumann. Meine Chancen wären jetzt gewiß nicht übel. Aber ich habe es vorgezogen, zu verzichten.

Frau Wegrat. Wie?

Doktor Reumann. Ich nehme eine Berufung nicht an.

Frau Wegrat. Sind Sie so abergläubisch?

Felix. Sind Sie so stolz?

Doktor Reumann. Keines von beiden. Aber der Gedanke, irgendeinen Vorteil dem Malheur eines anderen zu verdanken, wäre mir außerordentlich peinlich. Meine halbe Existenz wäre mir vergällt. Sie sehen, das ist weder Aberglaube noch Stolz, es ist ganz gemeine, kleinliche Eitelkeit.

Sala. Das ist raffiniert, Herr Doktor.

Frau Wegrat. Ich höre aus alldem nur, daß Sie bleiben. Ja, so niedrig beginnt man zu denken, wenn man krank ist.

Doktor Reumann *(absichtlich abschweifend)*. Nun, Felix, wie behagt's Ihnen denn in Ihrer Garnison?

Felix. Sehr gut.

Frau Wegrat. Bist du also ganz zufrieden, mein Kind?

Felix. Ich bin euch sehr dankbar. Dir besonders, Mama.

Frau Wegrat. Warum mir besonders? Die letzte Entscheidung stand ja doch beim Vater.

Doktor Reumann. Ihm wäre es natürlich lieber gewesen, wenn Sie einen friedlicheren Beruf erwählt hätten.

Sala. Es gibt ja heutzutage gar keinen, der friedlicher wäre.

Felix. Da haben Sie recht, Herr von Sala. – Übrigens hab ich Ihnen Grüße vom Oberstleutnant Schrotting zu überbringen.

Sala. Danke sehr. Denkt denn der noch an mich?

Felix. Nicht er allein. Wir werden ja häufig an Sie

erinnert – bei jeder Mahlzeit. Ihr Porträt hängt ja unter manchen andern von gewesenen Offizieren unseres Regiments im Kasino.

FÜNFTE SZENE

Johanna. Sala. Doktor Reumann. Felix. Frau Wegrat. – Professor Wegrat tritt auf.

Wegrat. Guten Abend. – Wie, Felix, du bist wieder da? Das ist aber eine Überraschung!

Felix. Guten Abend, Papa. Ich habe mir auf zwei Tage Urlaub genommen.

Wegrat. Urlaub ... Urlaub? Ist's wirklich einer? Oder ist's nicht etwa wieder so ein kleiner Geniestreich?

Felix *(leicht, nicht verletzt).* Ich pflege doch nicht die Unwahrheit zu reden, Vater.

Wegrat *(auch scherzend).* Ich wollte dich nicht beleidigen, Felix. Auch wenn du fahnenflüchtig geworden wärst, die Sehnsucht nach der Mutter dürfte als genügende Entschuldigung gelten.

Frau Wegrat. Die Sehnsucht nach den Eltern!

Wegrat. Natürlich – nach uns allen. Aber da du jetzt etwas leidend bist, bist du die Hauptperson. – Nun, wie geht's, Gabriele? Besser, nicht wahr? *(Leise, beinahe schüchtern.)* Meine Liebe ... *(Streichelt ihr Stirn und Haare.)* Liebe ... Die Luft ist so lind.

Sala. Es ist ein wundervoller Herbst.

Doktor Reumann. Sie kommen jetzt erst aus der Akademie, Herr Professor?

Wegrat. Ja. Ich bin ja jetzt auch Direktor, da gibt's eine ganze Menge zu tun – und nicht immer Amüsantes und Dankbares. Aber wie man behauptet, bin ich dazu geschaffen. Es wird wohl so sein. *(Lächelnd.)* Wie irgendwer einmal über mich sagte: Kunstbeamter.

Sala. Seien Sie nur nicht ungerecht gegen sich, Herr Professor.

Frau Wegrat. Wahrscheinlich bist du auch wieder den ganzen langen Weg zu Fuß gegangen?

Wegrat. Ich habe sogar einen kleinen Umweg gemacht

— über die Türkenschanze. Ich liebe diesen Weg so sehr. An Abenden wie heute liegt die ganze Stadt unten wie in silbernen Hauch gebadet. — Übrigens hab ich dir Grüße zu bringen, Gabriele. Ich bin Irene Herms begegnet.

Frau Wegrat. Sie ist in Wien?

Wegrat. Vorübergehend. Sie will dich dieser Tage besuchen.

Sala. Ist sie noch in Hamburg engagiert?

Wegrat. Nein. Sie hat die Bühne verlassen, wie sie mir erzählt, und lebt bei ihrer verheirateten Schwester auf dem Land.

Johanna. Ich habe sie einmal in einem Stück von Ihnen spielen sehen, Herr von Sala.

Sala. Da müssen Sie aber noch ein ganz kleines Mädchen gewesen sein.

Johanna. Sie gab eine spanische Prinzessin.

Sala. Leider. Prinzessinnen waren ihre Sache wahrhaftig nicht. Sie hat ihr Lebtag keine Verse sprechen können.

Doktor Reumann. Und daran denken Sie heute noch, Herr von Sala, daß irgendeine Dame irgendeinmal Ihre Verse schlecht gesprochen hat?

Sala. Warum sollt' ich nicht, lieber Doktor? Wenn Sie im Mittelpunkt der Erde wohnten, wüßten Sie, daß alle Dinge gleich schwer sind. Und schwebten Sie im Mittelpunkt der Welt, dann ahnten Sie, daß alle Dinge gleich wichtig sind.

Frau Wegrat. Wie sieht sie denn aus?

Wegrat. Sie ist noch immer recht hübsch.

Sala. Ob sie noch Ähnlichkeit mit ihrem Bild bewahrt hat, das im Museum hängt?

Felix. Was ist das für ein Bild?

Johanna. Es hängt ein Bild von ihr im Museum?

Sala. Sie kennen es gewiß. „Schauspielerin" ist es im Katalog benannt, schlechtweg „Schauspielerin". Ein junges Weib in einem Harlekinskostüm, darüber eine griechische Toga geworfen, ihr zu Füßen ein Gewirr von Masken. Ganz allein, den starren Blick auf den Zuschauerraum gerichtet, steht sie auf einer leeren, halb dunkeln Bühne, zwischen Kulissen, die nicht zueinander passen. Ein Stück Zimmerwand, ein Stück Wald, ein Stück Burgverließ ...

Felix. Und der Hintergrund stellt eine Landschaft im Süden vor, mit Palmen und Platanen ...?

Sala. Ja. Die halb aufgerollt ist, so daß man weiter rückwärts einen Haufen von Möbeln, Stufen, Bechern, Kronen im hellen Tageslicht schimmern sieht.

Felix. Das ist ja das Bild von Julian Fichtner?

Sala. Freilich.

Felix. Ich wußte gar nicht, daß die Frauengestalt Irene Herms darstellen sollte.

Wegrat. Das sind nun mehr als fünfundzwanzig Jahre, daß er das Bild gemalt hat. Es machte gewaltiges Aufsehen damals. Es war sein erster großer Erfolg. Und heute gibt es vielleicht eine ganze Menge von Leuten, die seinen Namen nicht mehr kennen. – Übrigens hab ich Irene Herms nach ihm gefragt. Aber seltsam, auch die „ewige Freundin" weiß nicht, wo in der Welt er sich herumtreibt.

Felix. Ich hab ihn erst vor wenigen Tagen gesprochen.

Wegrat. Wie?! Du hast Julian Fichtner gesehen? Er war in Salzburg? ... Wann denn?

Felix. Es sind erst drei oder vier Tage her. Er hat mich aufgesucht, und wir haben einen Abend miteinander verbracht.

Frau Wegrat *(wirft einen Blick auf Doktor Reumann).*

Wegrat. Wie geht's ihm denn? Was hat er dir denn erzählt?

Felix. Ein wenig grau ist er geworden, aber sonst schien er mir kaum verändert.

Wegrat. Wie lang mag er jetzt von Wien fort sein? Zwei Jahre, nicht wahr?

Frau Wegrat. Etwas drüber.

Felix. Er hat große Reisen gemacht.

Sala. Ja, gelegentlich erhielt ich eine Karte von ihm.

Wegrat. Wir auch. Aber ich dachte, daß Sie mit ihm in regelmäßiger Korrespondenz stünden.

Sala. Regelmäßig? Nein.

Johanna. Ist er nicht Ihr Freund?

Sala. Freunde hab ich im allgemeinen nicht. Und wenn ich sie habe, verleugne ich sie.

Johanna. Aber früher sind Sie doch so intim mit ihm gewesen.

Sala. Er doch eigentlich mehr mit mir als ich mit ihm.

Felix. Wie meinen Sie das, Herr von Sala?

Johanna. Ich versteh das sehr gut. Es geht Ihnen wohl mit den meisten Menschen so.

Sala. Ähnlich zum mindesten.

Johanna. Man merkt das auch an den Sachen, die Sie schreiben.

Sala. Hoff ich. Sonst könnte sie auch wer anderer schreiben.

Wegrat. Sagte er denn nicht, wann er wieder nach Wien kommt?

Felix. Ich glaube bald. Aber sehr bestimmt hat er sich nicht ausgedrückt.

Johanna. Ich möchte Herrn Fichtner gern wiedersehen. Ich habe solche Menschen gern.

Wegrat. Was nennst du „solche Menschen"?

Johanna. Die immer von weit herkommen.

Wegrat. Aber als du ihn kanntest, Johanna, kam er doch meistens ganz aus der Nähe ... er lebte ja hier.

Johanna. Das ist ja ganz gleichgültig, ob er hier lebte oder anderswo. — Auch wenn er täglich kam, mir war immer, als käm' er von sehr weit.

Wegrat. Nun ja ...

Felix. Das hab ich auch manchmal empfunden.

Wegrat. Ist es nicht seltsam, wie er durch die Welt jagt, in den letzten Jahren wenigstens?

Sala. Steckt diese Unruhe nicht seit jeher in ihm? Sie waren ja schon auf der Akademie mit ihm zusammen.

Wegrat. Ja. Und damals mußte man ihn gekannt haben, um ihn wirklich zu kennen. Als junger Mensch hatte er etwas Faszinierendes, Blendendes. Nie hab ich jemanden gekannt, auf den das Wort „vielversprechend" so zutraf wie auf ihn.

Sala. Nun, er hat doch mancherlei gehalten.

Wegrat. Aber was hätte er alles erreichen können! ...

Doktor Reumann. Ich glaube, was man hätte erreichen *können*, das erreicht man auch.

Wegrat. Nicht immer. Julian war gewiß zu Höherem bestimmt. Was ihm gefehlt hat, war die Fähigkeit, sich zu sammeln, der innere Friede. Er konnte sich nirgends dauernd heimisch fühlen; und das Unglück war, daß er sich auch in seinen Arbeiten sozusagen nur vorübergehend aufhielt.

Felix. Er hat mir ein paar Skizzen gezeigt, die er in der letzten Zeit gemacht hat.

Wegrat. Schön?

Felix. Für mich lag etwas Ergreifendes in ihnen.

Frau Wegrat. Warum ergreifend? Was sind's denn für Bilder?

Felix. Landschaften. Sogar meistens ganz heitere Gegenden.

Johanna. Ich habe einmal im Traum eine Frühlingslandschaft gesehen, ganz sonnig und mild, und doch hab ich über sie weinen müssen.

Sala. Ja, die Traurigkeit steckt in den Dingen oft viel tiefer verborgen, als man ahnt.

Wegrat. Also er arbeitet wieder? Da kann man sich ja vielleicht was Besonderes erwarten.

Sala. Bei jemandem, der einmal ein Künstler war, ist man nie vor Überraschungen sicher.

Wegrat. Ja, so ist es, Herr von Sala. Das ist eben der große Unterschied. Bei einem Beamten kann man in dieser Hinsicht ganz ruhig sein. *(Mit heiterer Selbstironie.)* Der malt jedes Jahr sein braves Bild für die Ausstellung und kann beim besten Willen nicht anders.

Doktor Reumann. Es ist noch sehr die Frage, wer die Welt und die Kunst weiter bringt: Beamte wie Sie, Herr Professor, oder ... die sogenannten Genies.

Wegrat. Oh, es fällt mir gar nicht ein, den Bescheidenen zu spielen. Aber was die Genies anbelangt, von denen wollen wir lieber nicht reden. Das ist eine Welt für sich und außerhalb der Diskussion — wie die Elemente.

Doktor Reumann. Da bin ich allerdings durchaus anderer Ansicht.

Wegrat. Man kann doch nur von den Leuten sprechen, für die es überhaupt Grenzen gibt. Und da find ich nun freilich: Wer seine Grenzen besser kennt, das ist der bessere Mann. Und in dieser Hinsicht hab ich gewiß allen Grund, mich hochzuschätzen. – Ist dir denn nicht kühl, Gabriele?

Frau Wegrat. Nein.

Wegrat. Nimm doch das Tuch fester um und laß uns ein wenig Bewegung machen, soweit das hier möglich ist.

Frau Wegrat. O ja, gern. – Bitte, kommen Sie, Doktor, nehmen Sie meinen Arm. Sie haben sich um Ihre Patientin noch gar nicht gekümmert.

Doktor Reumann. Ich stehe zur Verfügung.

(Die andern gehen voraus, Johanna mit ihrem Bruder, der Professor mit Sala; Doktor Reumann und Frau Wegrat scheinen sich anzuschließen, bis Frau Wegrat plötzlich stehenbleibt.)

SECHSTE SZENE

Frau Wegrat. Doktor Reumann.

Frau Wegrat. Haben Sie bemerkt, wie seine Augen leuchteten – Felix' Augen, als man von *ihm* sprach? Es war eigentümlich.

Doktor Reumann. Menschen von der Art dieses Herrn Fichtner haben gewiß für jüngere Leute etwas Interessantes. Es webt wie ein Duft von Abenteuern um sie.

Frau Wegrat *(den Kopf schüttelnd).* Und er hat ihn besucht ... Er ist offenbar nach Salzburg nur gefahren, um ihn wiederzusehen. Er fängt wohl an, sich ziemlich verlassen zu fühlen.

Doktor Reumann. Warum sollte man einen jungen Freund nicht besuchen, wenn man zufällig seinen Aufenthaltsort berührt? Daran find ich nichts Merkwürdiges.

Frau Wegrat. Vielleicht haben Sie recht. Vielleicht hätt' ich die Sache früher geradeso aufgefaßt. Aber jetzt, im Angesicht ... Nein, Doktor, ich will nicht pathetisch werden.

Doktor Reumann. Gegen das Pathos hab ich nichts, nur gegen den Unsinn.

Frau Wegrat *(lächelnd)*. Ich danke Ihnen. – Immerhin, ich habe Anlaß, über allerlei nachzudenken. Das ist weiter nicht schwerzunehmen, lieber Freund. Sie wissen ja, ich habe Ihnen alles nur erzählt, um mit einem klugen und guten Menschen über Vergangenes reden zu können; nicht etwa, um von einer Schuld losgesprochen zu werden.

Doktor Reumann. Glücklich machen ist besser als schuldlos sein. Und da Ihnen das beschieden war, haben Sie selbstverständlich alles gutgemacht ... wenn Sie ein Wort von so phantastischer Albernheit gestatten.

Frau Wegrat. Daß ich Sie so reden höre!

Doktor Reumann. Hab ich nicht recht?

Frau Wegrat. Als wenn ich nicht ganz gut fühlte, daß gerade Ihnen wir alle, Betrogene und Betrüger, gleich verächtlich sein müssen.

Doktor Reumann. Gerade mir? ... Was Sie, gnädige Frau, Verachtung nennen – wenn ich überhaupt etwas davon verspürte –, wäre ja doch nichts anderes als maskierter Neid. Oder denken Sie, daß es mir an dem guten Willen fehlte, mein Leben so zu führen, wie ich es die meisten andern führen sehe? Ich habe nur nicht das Talent dazu. Wenn ich aufrichtig sein soll, gnädige Frau – die Sehnsucht, die am tiefsten in mir steckt, ist die: ein Schurke zu sein, ein Kerl, der heuchelt, verführt, hohnlacht, über Leichen schreitet. Aber ich bin durch Mängel meines Temperaments dazu verurteilt, ein anständiger Mensch zu sein – und, was vielleicht noch schmerzlicher ist, von allen Leuten zu hören, daß ich es bin.

Frau Wegrat *(hat ihm lächelnd zugehört)*. Ob Sie uns auch den wahren Grund erzählt haben, der Sie in Wien festhält ...?

Doktor Reumann. Gewiß. Ich habe wahrhaftig keinen andern. Ich habe nicht das Recht, einen andern zu haben. Reden wir doch nicht weiter davon.

Frau Wegrat. Sind wir nicht so gute Freunde, daß ich ruhig über alles mit Ihnen sprechen kann? Ich weiß ja, was Sie meinen. Aber ich glaube, es stände in Ihrer Macht, gewisse Illusionen und Träume aus einer Mädchenseele davonzuscheuchen. Für mich wäre es eine rechte Beruhigung, wenn ich Sie hier zurücklassen dürfte, unter diesen Menschen, die mir alle so nahe sind und die doch alle voneinander nichts wissen, kaum ihre Beziehungen zueinander kennen und dazu bestimmt scheinen, auseinanderzuflattern, weiß Gott, wohin.

Doktor Reumann. Wir wollen von diesen Dingen reden, wenn es an der Zeit ist, gnädige Frau.

Frau Wegrat. Ich bereue ja nichts. Ich glaube, ich habe nie etwas bereut. Aber ich fühle, daß irgend etwas nicht in Ordnung ist. Vielleicht ist es nur der seltsame Glanz in den Augen von Felix gewesen, der diese Unruhe über mich gebracht hat. Aber ist es nicht sonderbar – unheimlich beinahe, zu denken, daß ein Mensch wie er mit offenen Sinnen in der Welt umhergehen und nie erfahren soll, wem er das Licht der Welt verdankt?

Doktor Reumann. Wir wollen keine allgemeinen Sätze aufstellen, gnädige Frau. Damit sind die geradesten Dinge so sehr ins Zittern und Schwanken zu bringen, daß es auch die klarsten Augen zu schwindeln anfängt. Aber ich für meinen Teil finde: Eine Lüge, die sich so stark erwiesen hat, daß sie den Frieden eines Hauses tragen kann, ist mindestens so verehrungswürdig als eine Wahrheit, die nichts anderes vermöchte, als das Bild der Vergangenheit zu zerstören, das Gefühl der Gegenwart zu trüben und die Betrachtung der Zukunft zu verwirren. *(Er geht weiter mit ihr.)*

SIEBENTE SZENE

Johanna und Sala.

Johanna. So kommt man immer auf dieselben Stellen. Ihr Garten ist wohl größer, Herr von Sala?

Sala. Mein Garten ist der Wald selbst – für Leute, die ihre Phantasie nicht durch ein dünnes Gitter behindern lassen.

Johanna. Ihre Villa ist schön geworden.

Sala. Kennen Sie sie denn?

Johanna. Neulich hab ich sie wiedergesehen, zum ersten Male wieder seit drei Jahren.

Sala. Vor drei Jahren war ja noch nicht einmal der Grundstein gelegt.

Johanna. Für mich ist sie schon damals dagestanden.

Sala. Wie geheimnisvoll ...

Johanna. Gar nicht. Erinnern Sie sich nur. Wir haben einmal einen Ausflug nach Dornbach gemacht, die Eltern, Felix und ich. Da haben wir Sie und Herrn Fichtner begegnet, und das war gerade an der Stelle, wo Ihr Haus gebaut werden sollte. Und nun sieht alles geradeso aus, wie Sie es damals geschildert haben.

Sala. Wie kommen Sie denn in diese Gegend?

Johanna. Ich gehe jetzt oft allein spazieren, seit Mama krank ist ...

Sala. Und wann sind Sie denn an meinem Haus vorübergekommen?

Johanna. Das ist nicht lange her ... Heute.

Sala. Heute?

Johanna. Ja. Ich bin ringsherum gegangen.

Sala. So? Ringsherum? ... Haben Sie auch die kleine Tür gesehen, die direkt in den Wald hinausführt?

Johanna. Ja. – Aber von dort aus ist das Haus beinahe unsichtbar. Das Laub ist ganz dicht. – Wo mögen denn die römischen Kaiserbüsten sein?

Sala. Die stehen auf Säulen am Eingang einer Allee. Gleich daneben ist eine kleine Marmorbank, und vor der Marmorbank ist ein kleiner Teich angelegt.

Johanna *(nickt)*. Wie Sie uns damals erzählten ... Und das Wasser schimmert grünlichgrau ... und des

Morgens fallen die Schatten der Buchen drüber hin. – Ich weiß. *(Sie blickt zu ihm auf und lächelt. Beide gehen weiter.)*

ZWEITER AKT

Bei Julian Fichtner. Behagliches, recht vornehmes Zimmer in einiger Unordnung. Große Bücherschränke. Auf zwei Stühlen liegen Bücher geschichtet, auf einem andern eine geöffnete Reisetasche. – Julian vor dem Schreibtisch, nimmt Papiere aus den Laden, einige zerreißt er und wirft sie in den Papierkorb.

ERSTE SZENE

Julian und Diener. Dann Sala.

Der Diener *(meldet)*. Herr von Sala. *(Ab.)*

Sala *(tritt ein. – Salas Gewohnheit, im Gespräch auf und ab zu gehen, tritt während dieser Szene sehr hervor. Gelegentlich setzt er sich für einen Augenblick, manchmal nur auf eine Lehne. Zuweilen bleibt er bei Julian stehen, legt ihm die Hand auf die Schulter, während er spricht. Zwei- bis dreimal während der Szene berührt er mit der Hand seine linke Brustseite, als empfände er dort ein Unbehagen; nicht auffällig)*.

Julian. Ich freue mich sehr. *(Händedruck.)*

Sala. Also heute früh sind Sie gekommen?

Julian. Ja.

Sala. Und bleiben –?

Julian. Das ist noch unbestimmt. Ich bin in einiger Unordnung, wie Sie sehen. Es wird hier wohl überhaupt keine rechte Ordnung werden. Ich will diese Wohnung aufgeben.

Sala. Schade; ich war sie so gewohnt. Wohin wollen Sie denn ziehen?

Julian. Es ist möglich, daß ich vorläufig gar kein festes Quartier nehme und so herumwandere wie in den letzten Jahren. Ich habe sogar die Idee, meine Sachen verauktionieren zu lassen.

Sala. Das ist mir kein sympathischer Gedanke.

Julian. Ja, sympathisch ist mir der Gedanke eigentlich auch nicht. Aber es kommt auch die materielle Seite der Frage ein wenig in Betracht. Ich habe zuviel gebraucht in diesen letzten Jahren, das muß sich irgendwie wieder ausgleichen. Später richt ich mich wohl wieder neu ein. Irgendeinmal kommt man doch wieder zur Ruhe und zur Arbeit. – Nun, wie geht's Ihnen denn? Was machen unsere Freunde und Bekannten?

Sala. Haben Sie denn noch niemanden gesehen?

Julian. Niemanden. Ich hab auch nur Ihnen geschrieben, daß ich da bin.

Sala. Also Sie waren noch nicht bei Wegrats?

Julian. Nein. Ich zögere sogar hinzugehen.

Sala. Wie? ...

Julian. Man sollte eigentlich in gewissen Jahren die Orte gar nicht mehr betreten, in denen man jüngere Tage verbracht hat. Man findet die Dinge und Menschen selten so wieder, wie man sie verlassen. Nicht wahr? – Frau Gabriele soll sich ja im Laufe ihrer Krankheit recht sehr verändert haben. Felix sprach mir wenigstens davon. Ich möchte es am liebsten vermeiden, sie wiederzusehen. Das müssen Sie doch verstehen, Sala.

Sala *(etwas befremdet)*. Natürlich versteh ich das. Wie lang haben Sie denn keine Nachricht aus Wien gehabt?

Julian. Ich bin meinen Briefen immer vorausgereist. Seit vierzehn Tagen hat mich keiner eingeholt. *(Betreten.)* Was gibt's denn?

Sala. Frau Gabriele ist vor etwa acht Tagen gestorben.

Julian. Oh! *(Er ist sehr bewegt, geht im Zimmer hin und her, dann setzt er sich nieder und sagt nach einer Pause:)* Man mußte wohl darauf gefaßt sein, und doch ...

Sala. Sie starb einen sanften Tod – wie die andern Leute ja immer so bestimmt wissen. Immerhin, sie ist eines Abends ruhig entschlummert und nicht wieder erwacht.

Julian *(sehr leise).* Arme Gabriele! – Haben Sie sie in der letzten Zeit gesehen?

Sala. Ja. Ich kam beinahe täglich hin.

Julian. So?

Sala. Johanna hat mich darum gebeten. Sie hat sich nämlich geradezu gefürchtet, mit ihrer Mutter allein zu sein.

Julian. Gefürchtet?

Sala. Sie hatte eine Art Grauen vor der kranken Frau. Jetzt ist sie eher ruhiger.

Julian. Seltsames Geschöpf ... – Und unser Freund, der Professor, wie trägt er den Verlust? Gottergeben, nicht wahr?

Sala. Lieber Julian, der Mann hat einen Beruf. Ich glaube, wir können das gar nicht fassen, die wir von Gnaden des Augenblicks Götter – und zuweilen etwas weniger als Menschen sind.

Julian. Felix ist natürlich noch hier?

Sala. Ich sprach ihn erst vor einer Stunde und teilte ihm mit, daß Sie da wären. Er hat sich sehr gefreut, daß Sie ihn in Salzburg besucht haben.

Julian. Das schien mir so. Und es hat mir sehr wohl getan. Ich trage mich übrigens mit der Idee, in Salzburg Aufenthalt zu nehmen.

Sala. Für immer?

Julian. Für einige Zeit. Auch um Felix' willen. Sein frisches Wesen berührt mich so angenehm, macht mich geradezu selbst jünger. Wär' er mein Sohn nicht, ich würd' ihn vielleicht beneiden – und nicht um seine Jugend allein. *(Lächelnd.)* So bleibt mir nichts anderes übrig, als ihn zu lieben. Es hat wahrhaftig etwas Beschämendes für mich, daß ich es sozusagen inkognito tun muß.

Sala. Kommen alle diese Empfindungen nicht ein wenig spät?

Julian. Sie existieren wohl schon länger, als ich selbst weiß. Und dann, Sie wissen ja, ich sah den Jungen zum ersten Male, als er schon zehn oder elf Jahre alt war und erfuhr erst damals, daß er mein Sohn sei.

Sala. Das muß ein seltsames Wiedersehen gewesen sein zwischen Ihnen und Frau Gabriele, zehn Jahre, nachdem Sie den schnöden Verrat begangen — wie unsere Ahnen gesagt hätten.

Julian. Es war nicht einmal so seltsam. Es fügte sich ungezwungen. Kurz nachdem ich aus Paris zurückgekehrt war, begegnete ich Wegrat zufällig auf der Straße. Wir hatten ja gelegentlich voneinander gehört und traten einander als alte Freunde entgegen. Es gibt Menschen, die zu derlei Schicksalen geboren sind ... Und was Gabriele anbelangt —

Sala. Die hat Ihnen natürlich verziehen.

Julian. Verziehen? ... Es war mehr und weniger. Nur einmal sprachen wir von der Vergangenheit — sie ohne Vorwurf, ich ohne Reue; als wäre jene Geschichte andern begegnet. Und dann nie wieder. Ich hätte glauben können, jene Zeit wäre durch ein Wunder aus ihrem Gedächtnis verschwunden. Und eigentlich bestand für mich zwischen dieser stillen Frau und dem Wesen, das ich einmal geliebt hatte, gar kein wirklicher Zusammenhang. Und den Jungen — das wissen Sie ja — hatt' ich anfangs gewiß nicht lieber, als ich irgendein anderes hübsches und begabtes Kind lieb gehabt hätte. — Nun ja, vor zehn Jahren sah es in meinem Leben anders aus als heute. Damals hielt ich noch so vieles fest, was mir seither entglitten ist. Erst im Laufe der folgenden Jahre zog es mich immer stärker in das Haus, bis ich begann, mich dort heimisch zu fühlen.

Sala. Daß ich damals den Zusammenhang zu verstehen anfing, haben Sie mir hoffentlich nicht übelgenommen.

Julian. Immerhin, Sie fanden mich nicht sehr vernünftig ...

Sala. Warum? Ich finde ja auch, daß das Familienleben an sich etwas sehr Hübsches ist. Aber es sollte sich doch wenigstens in der eigenen abspielen.

Julian. Sie wissen ja, daß ich mich selbst des Widersinnigen in diesen Beziehungen manchmal geradezu schämte. Das war sogar mit einer der Gründe, der mich davontrieb. Natürlich kam damals noch manches andere dazu, was mich verstimmte. Insbesondere, daß ich mit meinen Arbeiten kein rechtes Glück hatte.

Sala. Sie hatten doch schon lange vorher nichts mehr ausgestellt.

Julian. Ich meine es auch nicht äußerlich. Es wollte eben keine gute Stimmung mehr kommen, und ich hoffte, das Reisen würde mir auch diesmal helfen, wie schon oft in früherer Zeit.

Sala. Und wie ist es Ihnen denn nun ergangen? Man hat ja so selten von Ihnen gehört! Sie hätten mir wirklich öfter und ausführlicher schreiben können. Sie wissen ja, daß Sie mir viel lieber sind als die meisten andern Menschen. Wir bringen einander die Stichworte so geschickt — finden Sie nicht? Es gibt pathetische Leute, die solche Beziehungen Freundschaft nennen. Übrigens ist es nicht unmöglich, daß wir uns im vorigen Jahrhundert „du" gesagt, am Ende gar, daß Sie sich an meinem Busen ausgeweint hätten. Sie haben mir manchmal gefehlt in diesen zwei Jahren — wahrhaftig! Wie oft hab ich auf einsamen Spaziergängen an unsere schönen Plauderstunden im Dornbacher Park gedacht, wo wir *(zitierend)* „die tiefst' und höchsten Dinge dieser Welt" bis auf weiteres zu erledigen pflegten. — Nun, Julian, woher kommen Sie denn eigentlich?

Julian. Aus Tirol. Diesen Sommer hab ich große Fußwanderungen unternommen. Bin sogar Bergsteiger geworden auf meine alten Tage. Eine Woche hab ich auf einer Alm verlebt ... Ja, ich habe allerlei getrieben. Was man so versucht, wenn man allein ist.

Sala. Sie waren wirklich allein?

Julian. Ja.

Sala. Die ganzen letzten Jahre?

Julian. Wenn ich von einigen lächerlichen Unterbrechungen absehe — ja.

Sala. Nun, dem hätte sich doch abhelfen lassen.

Julian. Ich weiß. Aber mit dem, was mir in dieser Art noch zu Gebote steht, ist mir nicht gedient. Ich bin sehr verwöhnt gewesen, Sala. Mein Leben ist bis zu einer gewissen Epoche wie in einem Rausch von Zärtlichkeit und Leidenschaft, ja von Macht dahingeflossen. Und damit geht es zu Ende. Ach, Sala, was für erbärmliche Lügen habe ich mir in den letzten Jahren erschleichen, erbetteln, erkaufen müssen! Es ekelt mich, wenn ich zurückdenke, und wenn ich nach vorwärts schaue, graut mir. Und ich frage mich: Soll wirklich von aller Glut, mit der ich die Welt umfaßt habe, nichts übrigbleiben als eine Art törichter Grimm, daß es vorbei sein — daß ich, ich menschlichen Gesetzen so gut unterworfen sein muß als ein anderer?

Sala. Warum diese Erbitterung, Julian? Es gibt doch noch mancherlei auf Erden, selbst wenn uns etliche Vergnügungen und Genüsse früherer Zeit abgeschmackt oder unwürdig erscheinen. Und gerade Sie sollten das nicht empfinden, Julian?

Julian. Winden Sie dem Schauspieler seine Rolle aus der Hand und fragen Sie ihn, ob ihm die schönen Kulissen Spaß machen, zwischen denen er stehenblieb.

Sala. Aber Sie haben doch auf Ihren Fahrten wieder zu arbeiten angefangen?

Julian. So gut wie nichts.

Sala. Felix erzählte, daß Sie aus Ihrem Koffer ein paar Skizzen hervorgeholt und ihm gezeigt hätten?

Julian. Er sprach davon?

Sala. Und alles mögliche Gute.

Julian. Wahrhaftig?

Sala. Und da Sie ihm die Sachen zeigten, werden Sie wohl selbst etwas davon gehalten haben.

Julian. Es war nicht deshalb, daß ich sie ihn sehen ließ. *(Auf und ab.)* Ich will es Ihnen gestehen — auf die Gefahr hin, daß Sie mich für einen vollkommenen Narren halten.

Sala. Auf ein bißchen mehr oder weniger kommt es nicht an. Reden Sie nur.

Julian. Ich wünschte, daß *er* wenigstens den Glauben an mich nicht verliert. Begreifen Sie das? Er steht mir nun einmal näher als die andern. Ich weiß es ja —

für alle, ja auch für Sie bin ich ein Heruntergekommener, einer, der fertig ist, einer, dessen ganzes Talent seine Jugend war. Es liegt mir nicht besonders viel daran. Aber für Felix will ich der sein, der ich einmal war – und der ich auch noch bin. Wenn er einmal erfährt, daß ich sein Vater bin, soll er stolz darauf sein.

Sala. Wenn er es erfährt ...?

Julian. Ich habe nicht die Absicht, es ihm für alle Zukunft geheimzuhalten. Jetzt, da seine Mutter tot ist, weniger als je. Als ich ihn das letzte Mal sprach, wurde es mir ganz klar, daß man nicht nur das Recht, daß man beinahe die Pflicht hat, ihm die Wahrheit zu sagen. Er hat den Sinn für das Wesentliche. Er wird alles verstehen. Und ich würde einen Menschen haben, der zu mir gehört, der es weiß, daß er zu mir gehört, und für den weiter auf der Welt zu sein, es sich der Mühe lohnt. Ich würde in seiner Nähe leben, würde viel mit ihm zusammen sein. Ich würde meine Existenz sozusagen wieder auf eine feste Basis gestellt haben, nicht so in der Luft schweben wie jetzt. Und ich könnte wieder arbeiten – wie früher einmal – wie als junger Mensch. Arbeiten werd ich, ja – und ihr sollt euch alle geirrt haben – alle!

Sala. Aber wem fällt es denn ein, an Ihnen zu zweifeln? Hätten Sie uns doch nur neulich reden gehört, Julian. Jedermann erwartet von Ihnen, daß Sie sich früher oder später – vollkommen wiederfinden werden.

Julian. Ach, genug von mir, genug von mir. Verzeihen Sie. Reden wir doch endlich von Ihnen. Sie bewohnen wohl schon Ihr neues Haus?

Sala. Ja.

Julian. Und was haben Sie für die nächste Zeit vor?

Sala. Ich gedenke mit dem Grafen Ronsky nach Asien zu gehen.

Julian. Mit Ronsky? Sie schließen sich dieser Expedition an, von der man so viel liest?

Sala. Ja. Solch ein Unternehmen reizt mich schon seit langem. Kennen Sie vielleicht den Bericht von Rolston über die baktrischen und medischen Ausgrabungen vom Jahr 92?

Julian. Nein.

Sala. Der ist geradezu erschütternd. Denken Sie, unter dem Schutt und Staub vermutet man eine Riesenstadt, etwa von der Ausdehnung des heutigen London. Damals sind sie in einen Palast hinuntergestiegen und haben die wundervollsten Malereien gefunden. In einigen Gemächern waren sie vollkommen erhalten. Und Stufen haben sie ausgeschaufelt; aus einem Marmor, der sonst nirgends gefunden wurde. Vielleicht stammt er von einer Insel, die seither ins Meer versunken ist. Dreihundertzwölf Stufen, glänzend wie Opale, die in eine unbekannte Tiefe hinabführen ... Unbekannt, denn bei der dreihundertzwölften Stufe haben sie aufgehört, zu graben — weiß Gott, warum! Ich kann Ihnen gar nicht sagen, wie mich diese Stufen intrigieren.

Julian. Man hörte doch immer, daß diese Rolstonsche Expedition zugrunde gegangen wäre?

Sala. Es war nicht gar so schlimm. Von den vierundzwanzig Europäern sind nach drei Jahren immerhin acht zurückgekehrt, und ein halbes Dutzend verloren sie schon auf der Hinreise. Man kommt durch arge Fiebergegenden. Dann gab es damals auch einen Überfall durch die Kurden, bei dem einige draufgingen. Aber wir werden viel besser ausgerüstet sein. Überdies treffen wir an der Grenze mit einer russischen Abteilung zusammen, die unter militärischer Bedekkung reist. Auch hier gedenkt man übrigens der Sache einen politisch-militärischen Anstrich zu geben. Und was das Fieber anbelangt — vor dem hab ich keine Angst ... das kann mir nichts anhaben. In den Thermen des Caracalla — es ist Ihnen doch bekannt, wie versumpft dort der Boden ist — habe ich als ganz junger Mensch eine Reihe der gefährlichsten Sommernächte verbracht und bin gesund geblieben.

Julian. Das beweist doch nichts.

Sala. Immerhin einiges. Ich traf dort mit einer Römerin zusammen, deren Haus ganz nahe der Appischen

Straße stand; die bekam das Fieber und starb sogar daran ... Nun freilich, ich bin nicht mehr so jung wie damals, aber ich fühle mich soweit ganz frisch.

Julian *(der sich schon früher eine Zigarette angezündet hat, Zigaretten anbietend)*. Rauchen Sie nicht?

Sala. Danke. Ich sollte eigentlich nicht. Erst gestern hat es mir der Doktor Reumann verboten ... Nichts besonderes — das Herz ist ein bißchen unruhig. Na, die eine wird wohl weiter nicht schaden.

ZWEITE SZENE

Julian. Sala. Diener. Dann Irene Herms.

Diener. Fräulein Herms fragt, ob der gnädige Herr zu sprechen sei.

Julian. Gewiß. Ich lasse bitten.

(Diener ab.)

Irene Herms *(tritt ein. Sie ist etwa 43 Jahre alt, sieht aber jünger aus. Sie ist einfach und geschmackvoll gekleidet. Ihre Bewegungen sind lebendig, zuweilen von einer beinahe jugendlichen Hastigkeit. Ihr Haar ist dunkelblond und reich, die Augen heiter, manchmal gütig und leicht zu Tränen geneigt. Sie tritt lächelnd ein, nickt Sala freundlich zu und reicht Julian, der ihr entgegenging, mit einem beinahe glücklichen Gesichtsausdruck die Hand)*. Guten Abend. Na? *(Sie hat die Gewohnheit, dieses „Na" im fragend herzlichen Ton auszusprechen.)* Hab ich also doch recht getan, mich noch ein paar Tage zu gedulden! Da hab ich ihn ja wieder. *(Zu Sala.)* Wissen Sie, wie lang wir uns nicht gesehen haben?

Julian. Über drei Jahre.

Irene *(nickt nur. Jetzt erst läßt sie ihre Hand aus der seinen)*. Das ist in unserm ganzen Leben noch nicht vorgekommen. Dein letzter Brief ist auch schon zwei Monate alt. Ich sage „Brief", um mich nicht zu blamieren: es war aber nur eine Ansichtskarte. Wo bist du nur überall herumgeflogen?

Julian. Setz dich doch. Das wirst du alles erfahren. Willst du nicht den Hut ablegen? Du bleibst doch ein bißchen?

Irene. Selbstverständlich. – Nein, wie du aussiehst! *(Zu Sala.)* Schön – nicht wahr? Ich hab's immer gewußt: Der graue Bart wird ihm sehr interessant stehen.

Sala. Jetzt werden Sie lauter angenehme Dinge zu hören bekommen. Ich muß mich nun leider entfernen.

Irene. Hoffentlich vertreib ich Sie nicht?

Sala. Was fällt Ihnen ein, Fräulein Herms!

Irene. Sie gehen wohl zu Wegrats? – Was sagst du zu dem Unglück, Julian? Es ist furchtbar! *(Zu Sala.)* Bitte, grüßen Sie dort.

Sala. Ich gehe jetzt nicht hin, ich gehe nach Hause.

Irene. Nach Hause? Das sagen Sie so einfach? Sie sollen ja jetzt ein Schloß bewohnen.

Sala. Nein, nichts weniger. Es ist ein bescheidenes Landhaus. Es wäre mir ein besonderes Vergnügen, Fräulein Herms, wenn Sie sich einmal persönlich davon überzeugen wollten. Mein Garten ist wirklich schön.

Irene. Haben Sie auch Obstbäume und Gemüsepflanzen?

Sala. In dieser Hinsicht kann ich nur mit einem verirrten Kohlkopf und mit einem wilden Birnbaum dienen.

Irene. Nun, wenn es meine Zeit noch erlaubt, so komm ich wirklich einmal und schau mir Ihre Villa an.

Julian. Willst du so bald wieder fort?

Irene. Ja natürlich. Ich muß wieder nach Hause. Erst heut früh hab ich einen Brief von meinem kleinen Neffen – er sehnt sich nach mir. Ein Fratz von fünf Jahren und sehnt sich auch schon. Was sagen Sie dazu?

Sala. Sie sehnen sich wohl auch schon zurück?

Irene. Es ist nicht das. Aber ich fang an, mich zu sehr an Wien zu gewöhnen. Wenn ich hier in den Straßen umherspaziere, da gibt es Erinnerungen auf Schritt und Tritt. – Denk dir, wo ich gestern war, Julian. In der Wohnung, wo ich als Kind gelebt habe. Das war gar nicht so einfach, es wohnen jetzt fremde Leute drin. Ich bin aber doch in den Zimmern gewesen.

Sala *(liebenswürdig ironisch).* Wie haben Sie denn das angestellt, Fräulein Herms?

Irene. Ich hab mich unter einem Vorwand eingeschlichen. Ich hab getan, als meint' ich, es wäre da ein Kabinett zu vermieten – für eine alleinstehende ältere Dame. Aber schließlich hab ich so zu weinen angefangen, daß mich die Leute wahrscheinlich für närrisch gehalten haben. Und da hab ich ihnen gesagt, warum ich eigentlich heraufgekommen bin. Ein Postbeamter wohnt jetzt drin, mit seiner Frau und zwei Kindern. Das eine war ein so lieber Kerl; es hat mit einer Eisenbahn gespielt, mit einer Lokomotive zum Aufziehen, und die ist mir immer über den Fuß gerannt ... Aber das wird Sie wahrscheinlich nicht sehr interessieren, Herr von Sala.

Sala. Daß Sie sich gerade unterbrechen, Fräulein Herms, wenn es am spannendsten wird! Ich hätte so gern noch weiter zugehört. Aber nun muß ich leider wirklich gehen. Grüß' Sie Gott, Julian. – Also Fräulein Herms, ich rechne auf die Ehre Ihres Besuches. *(Geht ab.)*

DRITTE SZENE

Julian und Irene.

Irene. Gott sei Dank!

Julian *(lächelnd).* Ist er dir noch immer so unsympathisch?

Irene. Unsympathisch? ... Ich hasse ihn! Es ist ja nur deine unglaubliche Seelengüte, daß du ihn in deiner Nähe duldest. Du hast keinen ärgern Feind.

Julian. Wie kommst du nur auf diese Idee?

Irene. Das spürt man doch ... so was muß man doch spüren.

Julian. Ich glaube immer, du bist noch heute nicht ganz objektiv gegen ihn.

Irene. Warum denn?

Julian. Du trägst ihm nach, daß du vor zehn Jahren in seinem Stück keinen Erfolg gehabt hast.

Irene. Das sind leider schon zwölf Jahre. Und meine Schuld war es nicht. Denn was seine sogenannten Dichtungen anbelangt, so halt ich sie für Blödsinn. Und bekanntlich steh ich mit dieser Ansicht nicht vereinzelt da. Aber du kennst ihn ja nicht. Um diesen Herrn in seiner ganzen Größe würdigen zu können, hat man ihn auf den Proben genießen müssen. *(Kopierend.)* Mein Fräulein, es sind Verse — Verse, mein Fräulein ... Das muß man von ihm gehört haben, um zu wissen, was für eine maßlose Arroganz in ihm steckt ... Übrigens weiß jeder Mensch, daß er seine Frau umgebracht hat.

Julian *(belustigt)*. Aber Kind, wie kommst du auf solche Ungeheuerlichkeiten!

Irene. Man stirbt nicht mit fünfundzwanzig Jahren so ganz von selbst.

Julian. Irene, das sagst du hoffentlich nicht zu andern Leuten.

Irene. Ist ja nicht notwendig. Das weiß doch jeder außer dir. Und ich für meinen Teil habe gar keinen Grund, Herrn von Sala zu schonen, der dich seit zwanzig Jahren mit seinem Hohn verfolgt.

Julian. Aber besuchen wirst du ihn doch?

Irene. Natürlich. Ich interessiere mich sehr für schöne Villen. Und seine soll entzückend sein. Wenn man nur Leute besuchen wollte ...

Julian. Die niemanden umgebracht haben —

Irene. Wir tun ihm wirklich zu viel Ehre an, wenn wir so lange über ihn reden. Schluß. — Na, Julian? Wie geht's dir denn? Warum hast du mir denn gar so selten geschrieben? Hast du am End' nicht dürfen?

Julian. Dürfen? ...

Irene. Ich meine, ob man dir's verboten hat.

Julian. Ach so. — Mir verbietet niemand was.

Irene. Wirklich? Du lebst so ganz für dich?

Julian. Ja.

Irene. Das freut mich. Ich kann mir nicht helfen, das

freut mich, Julian. Obzwar es ja ein Unsinn ist. Heut oder morgen fängt doch wieder was Neues an.

Julian. Die Zeiten sind vorbei.

Irene. Wenn's nur wahr wäre. – Kann man einen Tee haben?

Julian. Gewiß. Hier ist der Samowar.

Irene. Wo denn? – Ach ja, hier! Und der Tee? ... Ich weiß ja. *(Öffnet einen Schrank, nimmt die notwendigen Sachen heraus. Im Laufe der nächsten Minuten bereitet sie den Tee.)*

Julian. Du bleibst wirklich nur mehr ein paar Tage hier?

Irene. Ja, natürlich. Meine Bestellungen sind gemacht. Das kannst du dir ja denken, auf dem Gut bei meiner Schwester braucht man wahrhaftig keine Toiletten.

Julian. So erzähl doch. Wie behagt's dir denn dort?

Irene. Herrlich! Ah, nur endlich vom Theater nichts mehr wissen, das ist schon eine Seligkeit.

Julian. Du kehrst ja doch einmal wieder dahin zurück.

Irene. Da irrst du dich aber gewaltig. Warum sollt' ich denn? Bedenke doch, daß ich jetzt am Ziel meiner Wünsche angelangt bin: Frische Luft, einen Wald in der Nähe; über Wiesen oder Äcker spazieren reiten, in der Früh' im Schlafrock in einem großen Park sitzen, wo keiner hinein darf. Überhaupt: Keine Leut', keinen Direktor, kein Publikum, keine Kollegen, keine Verfasser – obwohl sie nicht alle so arrogant sind wie dein angebeteter Sala. – Na also, und das alles hab ich erreicht. Ich leb auf dem Land, ich hab ein Gut, ein kleines Schlösserl kann man schon sagen, einen Park hab ich und ein Pferd, und Schlafröck', so viel ich will. Es gehört zwar alles nicht mir – außer den Schlafröcken natürlich –, aber das bleibt sich ja gleich. Dabei leb ich bei den besten Menschen, die es überhaupt auf der Welt gibt; denn mein Schwager ist womöglich ein noch prächtigerer Kerl als die Lori selbst.

Julian. Hat der nicht früher dir den Hof gemacht?

Irene. Aber *wie!* Er wollte mich um jeden Preis heiraten. Selbstverständlich! – Vorher sind sie ja alle in mich verliebt ... gewesen – gewesen, mein ich. Aber die Gescheitern sind meistens zur Lori übergegangen. Das hat mich immer ein bißchen mißtrauisch gegen dich gemacht, daß du nie in die Lori verliebt warst. Um was die besser ist als ich – na, das weißt du doch, darüber ist nichts zu reden. Was ich der schuldig bin! ... Wenn die Lori nicht gewesen wäre –! – Also bei denen leb ich jetzt seit einem halben Jahr.

Julian. Es ist nur die Frage, wie lang du's aushalten wirst.

Irene. Wie lange –? – Ja aber Julian, ich frage dich: Was soll mich veranlassen, aus einem solchen Paradies in den Sumpf zurückkehren, wo ich *(leiser)* fünfundzwanzig Jahre meines Lebens verbracht habe? Was hab ich denn überhaupt noch beim Theater zu suchen? Die bejahrten Fächer liegen mir nicht. Ich habe weder Neigung zur Heldenmutter noch zur spitzigen Dame, noch zur komischen Alten. Ich gedenke als Schloßfräulein zu sterben, als alte Jungfer sozusagen, und wenn alles gut geht, erscheine ich den Urenkeln meiner Schwester in hundert Jahren als weiße Dame. Mit einem Wort: Ich hab das schönste Leben vor mir. – Was lachst denn?

Julian. Es freut mich, dich so lustig – so jung wiederzusehen.

Irene. Das ist die Landluft, Julian. Das solltest du auch einmal auf längere Zeit versuchen. Herrlich! Ich hab ja überhaupt meinen Beruf verfehlt: Der liebe Gott hat mich sicherlich zu einer Kuhdirn' oder zu einer Sennerin erschaffen wollen. Oder vielleicht zu einem Hirtenknaben. Ich hab ja in Hosenrollen immer so gut ausgeschaut. – So. Darf ich dir auch gleich einschenken? *(Sie gießt ihm Tee ein.)* Hast du nichts dazu?

Julian. In der Tasche werden wohl noch ein paar Kakes sein. *(Er entnimmt der Reisetasche ein kleines Päckchen.)*

Irene. Danke. Famos.

Julian. Das ist übrigens eine ziemlich neue Schwärmerei von dir.

Irene. Die Kakes —?

Julian. Nein. Die Natur.

Irene. Wie kannst du das sagen? Ich habe die Natur immer unendlich geliebt. Denkst du nicht mehr an unsere Ausflüge von dazumal? Erinnerst du dich nicht, wie wir einmal an einem heißen Sommernachmittag im Wald eingeschlafen sind? Und denkst du nimmer an das Muttergottesbild oben auf dem Hügel, wo uns das Gewitter überrascht hat? ... Ach Gott! Kein leerer Wahn, die Natur. Und gar später, wie die böse Zeit für mich gekommen ist, wie ich mich deinetwegen hab umbringen wollen, ich Kamel ... da war die Natur ganz einfach meine Rettung. Wirklich, Julian. Ich könnt' dir die Stelle noch zeigen, wo ich mich ins Gras geworfen und geweint hab. Zehn Minuten vom Bahnhof, durch eine Akazienallee muß man gehen und dann weiter am Bach. Ja, ins Gras hab ich mich geworfen und geweint und geheult. Es war nämlich ein Tag, wo du mich wieder einmal von deiner Türe davongejagt hast. Na, und wie ich eine halbe Stunde auf dem Gras gelegen war und mich recht ausgeweint hab, bin ich halt wieder aufgestanden — und bin auf der Wiese herumgelaufen. Wie ein kleiner Fratz, ganz allein für mich. Ich hab mir die Augen ausgewischt, und es war mir eigentlich wieder ganz gut. *(Pause.)* Freilich, am nächsten Morgen bin ich wieder vor deiner Tür gewesen und hab dich angejammert, und die Geschichte hat von vorn angefangen.

(Es wird dunkler.)

Julian. Daß du noch immer daran denkst.

Irene. Du doch auch. Na, und wer ist schließlich der Dumme von uns zweien gewesen? Wer? Frag dich nur aufs Gewissen. Wer? ... Bist du mit einer glücklicher gewesen als mit mir? Hat eine so an dir gehangen wie ich? Hat dich je eine andere so gern gehabt? ... Gewiß nicht. Die dumme Geschichte, die mir dann im Engagement draußen passiert ist, meiner Seel', du hättest sie mir wirklich verzeihen können. Es ist wahrhaftig nicht so viel dran, wie ihr Männer immer draus macht — nämlich wenn's uns passiert.

(Sie trinken Tee.)

Julian. Soll ich Licht machen?

Irene. Es ist ganz gemütlich in der Dämmerung.

Julian. „Nicht viel dran", sagst du. Du magst ja recht haben. Aber wenn's einen trifft, wird man eben doch ziemlich rasend. Und wenn wir uns auch versöhnt hätten – es wäre doch nicht mehr das Rechte geworden. Es ist schon besser so. Wie's einmal verwunden war, sind wir ja die besten Freunde geworden und sind's geblieben. Das ist doch auch was sehr Schönes.

Irene. Ja. Heut bin ich auch ganz zufrieden. Aber damals –! O Gott, was war das für eine Zeit! Du weißt ja doch nichts davon. Nachher hab ich dich erst so recht geliebt – nachher, als ich dich durch meinen Leichtsinn verloren hatte. Ja, da hat sich erst sozusagen die wahre Treue in mir entwickelt. Denn was ich später erlebt habe ... Aber es ist nicht zu verlangen, daß ein Mann so was versteht.

Julian. Ich versteh's ganz gut, Irene. Du kannst mir's glauben.

Irene. Im übrigen will ich dir was sagen, Julian; es war doch nur die gerechte Strafe für uns beide.

Julian. Für uns beide?

Irene. Ja. Darauf bin ich schon lang gekommen. Die gerechte Strafe.

Julian. Für uns beide?

Irene. Ja. Für dich auch.

Julian. Ja, wie meinst du das?

Irene. Wir haben's nicht anders verdient.

Julian. Wir? ... Wieso denn?

Irene *(ernst)*. Du bist ja so gescheit, Julian. Was glaubst du: Wär' das damals geschehen – meinst du, ich hätt' so was anstellen können, wenn wir – ein Kind ... wenn wir – *das Kind* gehabt hätten? Frag dich doch aufs Gewissen, Julian – glaubst du's? Ich nicht, und du auch nicht. Alles wär' anders gekommen. Alles. Wir wären zusammengeblieben, wir hätten *noch* ein paar Kinder gekriegt, wir hätten uns geheiratet, wir möchten zusammenleben. Ich wär' nicht ein altes Schloßfräulein und du wärst nicht –

Julian. Ein alter Junggesell.

Irene. Na, wenn du's selber sagst. Und die Hauptsache: Wir hätten ein Kind. Ich hätt' ein Kind. *(Pause.)*

Julian *(ist im Zimmer auf und ab gegangen).* Was soll das alles, Irene? Warum sprichst du wieder von allen diesen vergessenen –

Irene. Vergessenen?

Julian. – Vergangenen Dingen?

Irene. Vergangen sind sie freilich. Aber draußen auf dem Land hat man viel Zeit. Alles mögliche geht einem durch den Kopf. Und gar, wenn man andere Kinder sieht – die Lori hat nämlich zwei Buben –, fällt einem so manches ein. Neulich war's beinahe wie eine Vision.

Julian. Was denn?

Irene. Ich bin übers Feld gegangen gegen Abend. Das tu ich manchmal, ganz allein. Weit und breit war niemand. Unten das Dorf ist auch ganz still dagelegen. Und ich spazier so weiter, immer weiter gegen den Wald zu. Und plötzlich war ich nicht mehr allein. Du warst da. Und zwischen uns beiden das Kind. Das haben wir so an der Hand geführt – unser kleines Kind. *(Ärgerlich, um nicht zu weinen.)* Es ist ja zu dumm. Ich weiß doch, das Kind wär' jetzt ein Bengel von dreiundzwanzig Jahren, wär' vielleicht ein Lump oder ein schlechtes Mädel. Oder wär' vielleicht schon tot. Oder es wär' irgendwo draußen in der Welt und wir hätten gar nichts mehr von ihm ... ja, ja. – Aber einmal hätten wir es doch gehabt, einmal wär's doch ein kleines Kind gewesen und hätt' uns gern gehabt. Und ... *(Sie kann nicht weiter. Stille.)*

Julian *(weich).* Irene, rede dich doch nicht in solche Dinge hinein.

Irene. Das ist kein Hineinreden.

Julian. Gräm dich nicht. Nimm's doch, wie es ist. Du hast anderes erlebt, vielleicht Besseres. Dein Leben war reicher, als ein Mutterleben hätte sein können ... Du warst eine Künstlerin.

Irene *(vor sich hin).* Ich pfeif drauf.

Julian. Eine große, eine berühmte – das will doch

was heißen. Du hast auch noch mancherlei anderes, sehr Schönes erlebt – nach mir. Ich weiß es ja.

Irene. Was hab ich davon? Was will das alles bedeuten? Eine Frau, die kein Kind hat, ist gar nie eine Frau gewesen. Aber eine, die einmal eins hätte haben können – haben müssen, und die – *(Blick)* – – nicht Mutter geworden ist, das ist eine ... ah! Aber das kann ja kein Mann verstehen! Das kann ja keiner verstehen! Der beste von euch ist in diesen Dingen noch immer eine Art von Schuft. Weiß denn einer von euch, wie viele von ihm in der Welt herumlaufen? Ich weiß wenigstens, daß ich keins gehabt hab. Weißt du's überhaupt?

Julian. Und wenn ich es selbst wüßte –

Irene. Wieso? Hast du wirklich eins? – So red doch. Julian du kannst mir's schon sagen. Wo lebt's denn? Wie alt ist es denn? Ein Bub? Ein Mädel?

Julian. Frag doch nicht ... Und wenn ich ein Kind hätte, es würde ja doch nicht mir gehören.

Irene. Er hat ein Kind! Er hat ein Kind! *(Pause.)* Warum laßt du's denn so in der Welt herumlaufen?

Julian. Du hast's ja selbst gesagt: – Der Beste von uns ist in diesen Dingen auch noch eine Art von Schuft. Und ich bin nicht einmal der Beste.

Irene. Warum holst du dir's denn nicht?

Julian. Was geht's mich denn überhaupt an? Was dürft' es mich angehen? Genug ... *(Pause.)* – Willst du noch eine Tasse Tee?

Irene. Danke, danke. Nicht mehr. *(Pause. Es dämmert.)* Er hat ein Kind, und ich hab's nicht gewußt!

(Lange Pause.)

VIERTE SZENE

Julian. Irene. Diener. Dann Felix.

Der Diener *(tritt ein).*

Julian. Was gibt's?

Diener. Herr Leutnant Wegrat fragt, ob der gnädige Herr zu Hause sind.

Julian. Gewiß. Ich lasse bitten.
Diener *(hat das Licht eingeschaltet und geht ab).*
Irene. Der junge Wegrat? – Ich dachte, er sei schon wieder fort. – Der arme Junge, er war wie vernichtet.
Julian. Das denk ich mir.
Irene. Du hast ihn in Salzburg besucht?
Julian. Ja. Im August war ich ein paar Tage dort.
Felix *(in Zivilkleidung tritt ein).* Guten Abend. – Guten Abend, Fräulein Herms.
Irene. Guten Abend, Herr Leutnant.
Julian. Mein lieber Felix ... ich wollte zu euch kommen – noch heute abend. Es ist sehr freundlich von dir, daß du dich herbemühst.
Felix. Übermorgen muß ich schon fort, und so wußt' ich gar nicht, ob ich überhaupt noch Gelegenheit finden würde, Sie zu sehen.
Julian. Möchtest du nicht ablegen? – Ich hatte keine Ahnung, denk dir. Erst Sala teilte es mir mit – vor kaum einer Stunde.
Irene *(betrachtet beide).*
Felix. Das ahnten wir nicht, als wir im Sommer miteinander im Mirabellgarten spazierengingen.
Julian. Es ist sehr rasch gekommen?
Felix. Ja. Und ich konnte nicht bei ihr sein ... Am späten Abend bin ich abgereist, und in der Nacht darauf ist sie gestorben.
Irene. Vielmehr: sie ist am nächsten Morgen nicht mehr erwacht.
Felix. Ihnen, Fräulein Herms, haben wir viel zu danken.
Irene. Aber.
Felix. Meine Mutter hat sich immer so sehr gefreut, wenn Sie bei ihr waren, mit ihr geplaudert oder ihr Klavier vorgespielt haben.
Irene. Oh, mein Klavierspiel –!

(Eine Uhr schlägt.)

Irene. Schon so spät!? Da muß ich ja gehen.
Julian. Warum eilen Sie, Fräulein Herms?
Irene. Ich fahre in die Oper. Die paar Tage, die ich noch hier bin, will ich doch ausnützen.

Felix. Sehen wir Sie noch bei uns, Fräulein Herms?

Irene. Gewiß. – Sie reisen ja schon früher fort als ich.

Felix. Ja. Mein Urlaub geht zu Ende ...

Irene *(wie beiläufig)*. Wie lang sind Sie denn jetzt eigentlich schon Offizier, Felix?

Felix. Das bin ich schon vor drei Jahren geworden, – aber erst im Jahr drauf hab ich mich aktivieren lassen. Ein bißchen spät.

Irene. Spät? Warum? – Wie alt sind Sie denn, Felix?

Felix. Dreiundzwanzig Jahre.

Irene. So. *(Pause.)* – Aber wie ich Sie vor vier Jahren als Freiwilligen gesehen habe, hab ich mir gleich gedacht, Sie werden beim Militär bleiben. – Erinnern Sie sich, Julian? Ich hab es Ihnen damals gesagt.

Julian. Ja –

Felix. Das war wohl im Sommer, wie Sie uns das letzte Mal besucht haben.

Irene. Ich glaube ...

Felix. Seither ist viel anders geworden.

Irene. Wahrhaftig! Das waren noch ein paar heitre Tage. – Nicht wahr, Julian? Wir haben uns ja auch seither nicht mehr gesehen, seit diesen schönen Sommerabenden in dem Garten bei Wegrats.

Julian *(nickt)*.

Irene *(hat Felix und Julian noch einigemal betrachtet. – Kleine Pause)*. Jetzt ist's aber wirklich höchste Zeit, daß ich gehe. – Adieu. Grüßen Sie zu Hause, Herr Leutnant. – Adieu, Julian. *(Sie geht, von Julian zur Tür begleitet.)*

FÜNFTE SZENE

Felix und Julian.

Felix. Hat sich hier nicht einiges verändert?

Julian. Nicht, daß ich wüßte. Wie sollte dir das übrigens auffallen; du warst doch nur zwei- oder dreimal hier.

Felix. Ja. Aber das letzte Mal in einem recht wichtigen Moment meines Lebens. Ich kam, Sie um Rat fragen.

Julian. Nun hat sich ja alles nach deinem Wunsch gefügt. Und auch dein Vater hat sich dreingefunden.

Felix. Ja, er hat sich dreingefunden. Es wäre ihm wohl lieber gewesen, wenn ich bei der Technik geblieben wäre; aber nun sieht er ja, daß man auch in Uniform ein ganz vernünftiges Leben führen kann – ohne Schulden, ohne Duelle. Ach, es ist beinahe allzu behaglich. Aber erwarten kann unsereiner immerhin mehr als mancher andere; das ist auch etwas.

Julian. Und wie geht's denn zu Hause?

Felix. Zu Hause ... Wahrhaftig, das Wort hat beinahe seinen Sinn verloren.

Julian. Hat dein Vater schon wieder seine Arbeiten aufgenommen?

Felix. Natürlich. Zwei Tage nachher saß er wieder in seinem Atelier. Es ist bewunderungswürdig. Aber ich versteh es nicht ganz ... Stör ich Sie nicht, Herr Fichtner? Sie wollten Papiere in Ordnung bringen?

Julian. Ach, das eilt nicht. Die Ordnung ist rasch gemacht. Das meiste wird verbrannt.

Felix. Wie?

Julian. Es ist doch am vernünftigsten, Dinge, die man kaum mehr ansehen würde, zu vernichten.

Felix. Macht Sie das nicht ein bißchen traurig, so mit Ihrer Vergangenheit aufzuräumen?

Julian. Traurig? ... Dazu ist es doch ein zu natürlicher Vorgang.

Felix. Das kann ich nicht finden. Sehen Sie: Einen Brief oder ein Bild oder sonst etwas der Art gleich verbrennen, nachdem man's bekommen hat, das scheint mir selbstverständlich. Aber etwas, das überhaupt wert war, aus einem lebendigen Glück oder aus einem lebendigen Schmerz Erinnerung zu werden, das sollte eigentlich diese Bedeutung nie wieder verlieren können. Und nun gar in einem Leben wie das Ihrige, das so reich und so bewegt war. Haben Sie nicht selbst zuweilen eine gewisse ... Ehrfurcht vor Ihrer Vergangenheit?

Julian. Wie kommst du auf solche Gedanken – du, der du so jung bist?

Felix. Es geht mir eben durch den Sinn.

Julian. Du hast vielleicht nicht unrecht. Aber es kommt noch etwas dazu, das mich veranlaßt, aufzuräumen. Ich bin im Begriff, sozusagen heimatlos zu werden.

Felix. Wie?

Julian. Ich gebe diese Wohnung auf und weiß noch nicht recht, wie es weiter werden soll. Da ist es mir lieber, mit den Dingen ein reinliches Ende zu machen, als sie in einer Kiste begraben und in einem Keller vermodern zu lassen.

Felix. Es muß Ihnen doch um mancherlei leid tun.

Julian. Ich wüßte kaum.

Felix. Und Sie haben gewiß auch manche Erinnerungszeichen, die nicht für Sie allein etwas bedeuten. Entwürfe aller Art, die Sie gewiß zum Teil aufbewahrt haben.

Julian. Denkst du an die Kleinigkeiten, die ich dir in Salzburg gezeigt habe?

Felix. Auch an die denk ich natürlich.

Julian. Die sind noch eingepackt. Willst du sie haben?

Felix. Gern. Ich werde Ihnen sehr dankbar sein. Sie haben einen ganz eigenen Reiz auf mich ausgeübt. *(Pause.)* Aber ich habe noch eine andere Bitte an Sie. Eine sehr große. Wenn Sie mir erlauben ...

Julian. Rede doch.

Felix. In Ihrem Besitz dürfte sich noch ein Porträt meiner Mutter aus ihrer Mädchenzeit befinden. Ein kleines Bild in Aquarellfarben, das Sie selbst gemalt haben.

Julian. Ja, ein solches Bild hab ich gemalt.

Felix. Und Sie haben es noch?

Julian. Ich denke wohl, daß es sich finden wird.

Felix. Das möcht ich gerne sehen.

Julian. An dieses Bild erinnerte sich deine Mutter ...?

Felix. Ja. Sie sprach mir davon am letzten Abend, an dem ich sie sah, am Abend vor ihrem Ende. Ich habe damals freilich nicht geahnt, daß es so nahe war ...

und sie wohl auch nicht. Heute erscheint es mir allerdings eigentümlich, daß sie gerade an diesem Abend so viel von längst verflossenen Tagen sprach.

Julian. Und auch von diesem kleinen Bild?

Felix. Es soll sehr gelungen sein.

Julian *(wie nachdenkend)*. Wo mag ich es nur aufbewahrt haben? Warte ... *(Er geht zu einem Bücherschrank, dessen unterer Teil durch eine Tür verschlossen ist. Er öffnet die Türe, einige Fächer werden sichtbar, in denen Mappen liegen.)* Ich habe es auf dem Land gemalt, in dem kleinen Häuschen, das deine Großeltern bewohnten.

Felix. Ich weiß.

Julian. An die alten Leute kannst du dich wohl kaum erinnern?

Felix. Ganz dunkel. Es waren sehr einfache Menschen, nicht wahr?

Julian. Ja. *(Er hat eine große Mappe aus einem Fach genommen.)* In dieser Mappe wird es wohl sein. *(Legt sie auf den Schreibtisch und öffnet sie. Er setzt sich.)*

Felix *(steht hinter ihm, blickt über seine Schulter)*.

Julian. Das hier ist das Häuschen, in dem sie wohnten, deine Großeltern und deine Mutter. *(Blättert weiter.)* Und dies hier, das ist der Ausblick ins Tal vom Friedhof aus.

Felix. Sommer ...

Julian. Ja. – Und dies hier, das ist das kleine Dorfwirtshaus, in dem ich und dein Vater wohnten ... Und das – *(Er betrachtet das Blatt still. Beide schweigen längere Zeit.)*

Felix *(nimmt das Blatt in die Hand)*. Wie alt war meine Mutter damals?

Julian *(der sitzen bleibt)*. Achtzehn Jahre.

Felix *(entfernt sich ein wenig von ihm, lehnt an einem Bücherschrank, wie um das Bild in besserm Licht zu betrachten)*. Also ein Jahr, bevor sie heiratete.

Julian. Es ist im selben Jahr gemalt. *(Pause.)*

Felix. Wie merkwürdig es mich aus diesen Augen anschaut ... Diese Lippen lächeln, sie reden beinahe zu mir ...

Julian. Was hat dir denn deine Mutter erzählt – an diesem letzten Abend?

Felix. Nicht viel. Aber mir ist, als wüßt' ich mehr, als sie mir erzählt hat. Es ist seltsam zu denken: So wie sie mich aus diesem Bilde anblickt, hat sie auch Sie betrachtet. Mir scheint, als wenn eine gewisse Befangenheit in diesem Blick läge. Angst beinahe ... So sieht man Menschen an, die aus einer andern Welt kommen, nach der man sich sehnt und die man doch fürchtet.

Julian. Damals war deine Mutter noch selten aus ihrem Dorf herausgekommen.

Felix. Sie war wohl anders als die meisten Frauen, die Ihnen begegnet sind, nicht wahr? ... Warum schweigen Sie? Ich gehöre nicht zu den Menschen, die es nicht begreifen – nicht begreifen wollen, daß auch Mütter und Schwestern Frauen sind. Ich kann mir wohl denken, daß damals eine Gefahr über ihr schwebte ... und über einem andern. *(Einfach.)* Sie haben meine Mutter sehr liebgehabt?

Julian. Du frägst sonderbar. – Ja, ich habe sie liebgehabt.

Felix. Und es waren gewiß sehr glückliche Stunden, als Sie in dem kleinen Garten am grünumrankten Zaune saßen, mit dieser Leinwand auf den Knien, und Ihnen gegenüber auf der hellen Wiese, mitten unter roten und weißen Blumen, stand dieses junge Mädchen, den Strohhut in der Hand mit den angstvoll lächelnden Augen.

Julian. Von diesen Stunden sprach deine Mutter am letzten Abend?

Felix. Ja. – Es ist vielleicht kindisch, aber seither erscheint es mir wie unmöglich, daß Ihnen irgendein Wesen mehr bedeutet haben sollte als dieses.

Julian *(immer bewegter, aber einfach)*. Ich will darauf nicht antworten. – Am Ende käme ich in die Versuchung, mich unwillkürlich besser zu machen, als ich bin. Du weißt ja, wie ich mein Leben geführt habe, daß es keinen so geregelten und einfachen Verlauf genommen hat wie das von manchen anderen. Die

Gabe, dauerndes Glück zu geben oder zu empfangen, lag wohl nicht in mir.

Felix. Das fühl ich. Das hab ich immer gefühlt. Manchmal mit einer Art von Bedauern – von Schmerz beinahe. – Aber gerade Menschen wie Sie, die schon von Natur bestimmt scheinen, sehr vieles und Wechselvolles durchzumachen ... gerade solche Menschen, denk ich mir, bewahren stille und milde Erinnerungen wie diese treuer und dankbarer in ihrem Gedächtnis als andere ... an leidenschaftlichere und trübere Erlebnisse. – Hab ich nicht recht?

Julian. Es mag wohl so sein.

Felix. Nie vorher hatte mir die Mutter von diesem Bild gesprochen. Ist es nicht sonderbar? ... An jenem letzten Abend zum ersten Male. – Wir waren ganz allein auf der Veranda, den andern hatt' ich schon adieu gesagt ... Und plötzlich begann sie von diesen fernen, fernen Sommertagen zu reden. In ihren Worten klang allerlei mit, was sie gewiß nicht ahnte. Ich glaube, ihre eigene Jugend, die sie selbst kaum mehr verstand, vertraute sich unbewußt der meinen an. Das hat mich mehr bewegt, als ich sagen kann. – So gern sie mich gehabt hat, nie hatte sie so zu mir gesprochen. Und ich glaube, so teuer wie in dieser Stunde ist sie mir nie vorher gewesen. – Und als ich endlich fort mußte, fühlte ich: sie hatte mir noch manches zu erzählen. – Sie werden es nun verstehen, warum ich eine so starke Sehnsucht hatte, dieses Bild zu sehen. – Mir ist wirklich, als könnte es weiter zu mir reden, wie es meine Mutter selbst getan hätte – wenn ich sie noch einmal hätte fragen dürfen!

Julian. Frag es nur ... Frag es, Felix.

Felix *(durch die Bewegtheit von Julians Stimme aufmerksam gemacht, sieht von dem Bilde auf zu ihm).*

Julian. Ich denke wohl, daß es dir noch manches wird sagen können.

Felix. Was ist Ihnen? ...

Julian. Willst du das Bild behalten?

Felix. Wie? ...

Julian. Nun ja. Nimm es. Ich schenk es dir nicht.

Sobald ich ein ständiges Quartier habe, will ich es wieder haben. Du sollst es aber sehen dürfen, sooft du willst. Hoffentlich fügt es sich, daß es dich keinen zu weiten Weg kostet.

Felix *(die Augen auf das Bild gerichtet).* Es wird lebendiger von Sekunde zu Sekunde ... Dieser Blick war auf Sie gerichtet! ... Dieser Blick –? Sollt' ich ihn ganz verstehen?

Julian. Auch Mütter haben ihre Schicksale wie andere Frauen.

Felix. Ich glaube wirklich, es verschweigt mir nichts mehr. *(Legt das Bild hin. – Große Pause. – Er sieht ihn an.)*

Julian. Nimmst du es nicht mit dir?

Felix. Nicht jetzt. Es gehört Ihnen mehr, als ich ahnte.

Julian. Und dir ...

Felix. Nein, ich will es doch erst haben, bis sich mir dieses Schicksal völlig geoffenbart hat. *(Er sieht Julian fest in die Augen.)* Ich weiß nicht, wie mir ist; es hat sich in Wirklichkeit doch nichts geändert? Nichts – als daß ich weiß, was ich ...

Julian. Felix!

Felix. Nein, das ahnt' ich nicht. *(Ihn mit einem langen Blick betrachtend, in dem Zärtlichkeit und eine Art von Neugier liegen.)* Leben Sie wohl.

Julian. Du willst jetzt gehen?

Felix. Es verlangt mich sehr, eine Weile allein zu sein. – Auf morgen.

Julian. Auf Wiedersehen, Felix. Morgen bin ich in euerm ... morgen bin ich bei dir, Felix.

Felix. Ich erwarte Sie. *(Er geht.)*

Julian *(bleibt eine Weile ruhig stehen, dann geht er zum Schreibtisch und bleibt, in den Anblick des Bildes versunken, stehen).*

DRITTER AKT

Zimmer im Hause Wegrat, an das die Veranda grenzt. Entsprechender Ausblick.

ERSTE SZENE

Johanna allein. Dann Sala.

Johanna *(sitzt auf einem Sessel, mit verschlungenen Händen).*

Sala *(tritt ein).* Guten Morgen, Johanna.

Johanna *(steht auf, tritt ihm entgegen, sieht ihn an).* Kommst du zum letztenmal?

Sala. Zum letztenmal? Was fällt dir ein? Es hat sich in unsern Dispositionen nicht das Geringste geändert. Heut ist der siebente Oktober, am sechsundzwanzigsten November geht das Schiff von Genua ab.

Johanna. Du wirst plötzlich von hier verschwunden sein. Ich werde bei der Gartentüre stehen, und sie wird verschlossen bleiben.

Sala. Solche Dinge sind doch zwischen uns nicht notwendig.

Johanna. Nein, wahrhaftig nicht. Bedenke das.

ZWEITE SZENE

Johanna und Sala. Felix tritt ein.

Felix. Sie sind es, Herr von Sala? *(Händedruck.)* Nun, wie weit halten Sie mit Ihren Vorbereitungen?

Sala. Es braucht keiner besondern. Ich packe meine Koffer, lasse die Vorhänge herunter, sperre die Türen ab — und dann geht es in rätselhafte Fernen. Ich habe übrigens eine Frage an Sie, Felix. Hätten Sie einige Lust, mit uns zu kommen?

Felix *(erstaunt).* Ob ich Lust hätte —? Fragen Sie mich das im Ernst, Herr von Sala?

Sala. Die Frage ist genau so ernst gemeint, als Sie sie nehmen wollen.

Felix. Wie soll ich das verstehen? Ob ich mit Ihnen nach Asien gehen will? Was sollte man denn mit mir bei einem Unternehmen dieser Art anfangen?

Sala. Das liegt doch ziemlich nahe.

Felix. Handelt es sich denn nicht um eine Expedition von rein wissenschaftlichem Charakter?

Sala. Als solche ist sie wohl gedacht. Aber es ist sehr leicht möglich, daß es allerlei geben wird, wobei junge Männer wie Sie sehr gut am Platze sein werden.

Felix. Männer wie ich –?

Sala. Vor sieben Jahren unter Rolston war mancherlei zu bestehen, was nicht im Reiseprogramm vorgesehen war. Und in der Ebene Karakum am Flusse Amu Darja gab es eine regelrechte kleine Schlacht.

DRITTE SZENE

Johanna. Felix. Sala. Doktor Reumann ist aufgetreten.

Doktor Reumann. Für die, die dort liegengeblieben sind, wird sie groß genug gewesen sein, Ihre kleine Schlacht.

(Flüchtige Begrüßung, Händereichen, ohne daß das Gespräch unterbrochen wird.)

Sala. Da mögen Sie wohl recht haben, Herr Doktor.

Felix. Erlauben Sie, Herr von Sala, haben Sie nur im eigenen Namen gesprochen? Ist es ein plötzlicher Einfall — oder ist es mehr?

Sala. Ich spreche zwar nicht direkt im Auftrag von irgend jemand, aber nach einer Besprechung, die gestern im Ministerium des Äußern stattgefunden hat und der ich beigezogen war, halte ich mich für berechtigt, noch einiges hinzuzufügen. — Oh, es sind keine Geheimnisse. Sie haben ja wahrscheinlich gelesen, Felix, daß uns ein Herr vom Generalstab, einige Genie- und Artillerieoffiziere sozusagen in offiziöser Eigenschaft beigegeben werden. Nach den letzten Nachrichten aus Asien, die mir allerdings nicht ganz zuverlässig erscheinen, da sie über England zu uns gelangt sind, hat man sich entschlossen, sich der weitern

Mitwirkung von einigen jüngern Truppenoffizieren zu versichern, was vorerst auf dem Weg privater Aufforderung geschehen soll.

Felix. Und es bestünde eine Möglichkeit, daß ich —?

Sala. Gestatten Sie mir, mit dem Grafen Ronsky zu reden?

Felix. Sie nannten dem Grafen meinen Namen?

Sala. Ich habe die Erlaubnis, die Frage an Sie zu richten, ob Sie bereit wären, sich am sechsundzwanzigsten November mit uns in Genua einzuschiffen.

Doktor Reumann. So bald schon gedenken Sie Wien zu verlassen?

Sala. Ja. *(Leicht.)* Warum sehen Sie mich so an, Herr Doktor? Dieser Blick ist ein wenig unvorsichtig gewesen.

Doktor Reumann. Inwiefern?

Sala. Er sagt ungefähr: Abreisen magst du; aber ob du zurückkommen wirst, das ist eine recht zweifelhafte Sache.

Doktor Reumann. Nun hören Sie, Herr von Sala, einer solchen Unternehmung gegenüber dürfte man auch einen solchen Zweifel laut werden lassen. Aber interessiert Sie denn das überhaupt, Herr von Sala, ob Sie wiederkommen werden oder nicht? Sie gehören doch nicht zu der Sorte Menschen, die ihre Angelegenheiten ordnen wollen?

Sala. Ach nein. Um so weniger, als es in solchen Fällen doch immer die Angelegenheiten anderer sind, mit denen man sich überflüssigerweise beschäftigt. Und wenn es mich interessieren würde, wie es mit mir steht, so hätt' ich einen triftigeren Grund.

Johanna. Welchen?

Sala. Ich wünsche nicht um das Bewußtsein meiner letzten Tage betrogen zu werden.

Doktor Reumann. Das ist ein Wunsch, mit dem Sie ziemlich vereinzelt dastehen dürften.

Sala. Jedenfalls wären Sie verpflichtet, Doktor, mir die absolute Wahrheit zu sagen, wenn ich Sie darum fragen sollte. Ich finde, man hat das Recht, sein Dasein vollkommen auszuleben, mit allen Wonnen und mit allen

Schaudern, die darin verborgen liegen. So wie wir wahrscheinlich die Pflicht haben, jede gute Tat und jede Schurkerei zu begehen, die innerhalb unserer Fähigkeiten liegt ... Nein, Sie sollen mir meine Todesstunde nicht wegeskamotieren! Es wäre ein kleinlicher Standpunkt, meiner und Ihrer nicht würdig. – Nun Felix, am sechsundzwanzigsten November. Es sind sieben Wochen bis dahin! Was die Erledigung der Formalitäten anbelangt, brauchen Sie sich keinerlei Sorgen zu machen.

Felix. Innerhalb welcher Frist muß ich mich entscheiden?

Sala. Es ist kein Anlaß, sich zu übereilen. Wann läuft Ihr Urlaub ab?

Felix. Morgen abend.

Sala. Sie werden sich wohl mit Ihrem Vater besprechen wollen.

Felix. Mit meinem Vater – natürlich. – Aber jedenfalls bringe ich Ihnen morgen früh die Antwort, Herr von Sala.

Sala. Schön. Ich würde mich sehr freuen. Aber immerhin bedenken Sie: Ein Spaziergang ist es nicht. Also auf Wiedersehen. Adieu, Fräulein Johanna. Leben Sie wohl, Herr Doktor. *(Er geht ab.)*

(Kurze Pause. Die Zurückbleibenden in einiger Bewegung.)

Johanna *(erhebt sich).* Ich gehe auf mein Zimmer. Adieu, Herr Doktor. *(Ab.)*

VIERTE SZENE

Felix. Doktor Reumann. Dann Johanna.

Doktor Reumann. Sie sind entschlossen, Felix?

Felix. Beinahe.

Doktor Reumann. Nun werden Sie viel Neues kennenlernen.

Felix. Unter anderm hoffentlich mich selbst, wozu es nun endlich Zeit wäre ... *(Zitierend.)* „In rätselhafte Fernen ..." Wird es nur wahr werden? Es wäre geradezu berauschend!

Doktor Reumann. Und Sie haben sich Bedenkzeit ausgebeten?

Felix. Ich weiß kaum, warum. Und doch ... Der Gedanke, daß man Menschen zurückläßt und sie vielleicht nicht wiederfindet – und keineswegs so wiederfindet, wie man sie verlassen hat, und daß man ihnen vielleicht ein Leid zufügt, dadurch, daß man geht ...

Doktor Reumann. Wenn Sie nichts anderes zögern macht, so ist es um jede Stunde der Ungewißheit schade. Nichts entfernt Sie sicherer von Menschen, die Ihnen teuer waren, als das Bewußtsein, durch eine Pflicht in ihre Nähe gebannt zu sein. Ergreifen Sie nur diese einzige Gelegenheit und reisen Sie nach Genua, Kleinasien, Tibet, Baktrien ... Ja, es muß schön sein. Meine besten Wünsche begleiten Sie. *(Reicht ihm die Hand.)*

Felix. Ich danke Ihnen. Aber mit diesen Wünschen hat es wohl noch Zeit. Wie immer die Sache sich entscheidet, wir sehen uns vor meiner Abreise noch zu öfteren Malen.

Doktor Reumann. Hoffentlich. Natürlich.

Felix *(sieht ihn fest an)*. Herr Doktor! – In Ihrem Händedruck hab ich etwas gespürt wie einen ernsten Abschied.

Doktor Reumann *(lächelnd)*. Kann man denn jemals wissen, ob man einander wiedersieht?

Felix. Herr Doktor ... hat Herr von Sala Ihren Blick richtig gedeutet?

Doktor Reumann. Für Sie kommt das kaum in Betracht.

Felix. Er wird nicht mit uns gehen?

Doktor Reumann *(zögernd)*. Das ist schwer vorherzusagen.

Felix. Zu lügen haben Sie nicht gelernt, Herr Doktor.

Doktor Reumann. Wie die Dinge stehen, glaube ich, können Sie die Angelegenheit ohne weitere Beihilfe zu Ende führen.

Felix. Herr von Sala war vor wenigen Tagen bei Ihnen?

Doktor Reumann. Ja, es ist noch nicht lange her.

(Pause.) Nun, daß er leidend ist, das sehen Sie ja selbst, nicht wahr? – Also grüß' Sie Gott, Felix.

Felix. Werden Sie der Freund unseres Hauses bleiben, wenn ich fort bin?

Doktor Reumann. Warum stellen Sie solche Fragen an mich, Felix?

Felix. Sie wollen nicht wiederkommen! ... Ja, warum?

Doktor Reumann. Ich versichere Sie ...

Felix. Ich verstehe ...

Doktor Reumann *(verlegen).* Was gibt es hier zu verstehen ...? ...

Felix. Lieber Doktor ... Nun weiß ich ... warum Sie in dieses Haus nicht mehr kommen wollen ... Es hat sich wieder einmal ein anderer den Hals gebrochen ... Lieber Freund –

Doktor Reumann. Leben Sie wohl ... Felix ...

Felix. Und wenn man Sie zurückrufen sollte ...

Doktor Reumann. Man wird es nicht tun ... Wenn man mich *braucht,* werd ich immer zu finden sein ...

Johanna *(tritt ins Zimmer).*

Doktor Reumann. Adieu ... Adieu Fräulein Johanna ...

Johanna. Sie gehen schon, Herr Doktor?

Doktor Reumann. Ja ... Empfehlen Sie mich Ihrem Herrn Vater. Adieu ... *(Reicht ihr die Hand.)*

FÜNFTE SZENE

Johanna. Felix.

Johanna *(ruhig).* Hat er dir gesagt, daß Sala verloren ist?

Felix *(zögert).*

Johanna. Ich wußt' es. *(Wie Felix reden will, hat sie eine seltsame abwehrende Bewegung.)* Und du gehst – mit ihm oder ohne ihn.

Felix. Ja. *(Pause.)* Es wird jetzt hier recht still werden.

Johanna *(unbeweglich).*

Felix. Und wie wirst du leben, Johanna? ... Ich meine, wie werdet ihr beide leben, du und der Vater?

Johanna *(sieht ihn an, als wundere sie sich, daß er sie fragt).*

Felix. Er wird sich einsam fühlen. Er würde es sehr dankbar empfinden, denk ich, wenn du dich ein bißchen mehr mit ihm beschäftigtest, vielleicht mit ihm in freien Stunden spazierengingst. Auch für dich –

Johanna *(herb).* Was hülfe es mir oder ihm? Was soll er mir sein oder ich ihm? Ich bin nicht dazu geschaffen, Menschen beizustehen in trüben Tagen. Ich kann mir nicht helfen, es ist nun einmal so. Wie eine Feindschaft regt es sich in mir gegen Menschen, die auf mein Mitleid angewiesen sind. Ich hab es gefühlt die ganze Zeit hindurch, als die Mutter krank war.

Felix. Nein, du bist nicht dazu geschaffen ... Wozu nur magst du geschaffen sein?

Johanna *(zuckt die Achseln, sitzt wieder mit verschlungenen Händen und sieht vor sich hin).*

Felix. Johanna! Warum redest du denn nicht mehr zu mir wie sonst? Hast du mir nicht vielleicht etwas zu sagen? Erinnere dich doch, wie wir uns früher alles erzählt haben.

Johanna. Das ist lange her. Damals waren wir Kinder.

Felix. Warum kannst du nicht mehr so zu mir reden wie damals, Johanna? Weißt du denn nicht mehr, wie gut wir uns einmal verstanden haben? Wie wir uns alle Geheimnisse anvertraut haben! Wie gute Kameraden wir gewesen sind! ... Wie wir zusammen in die weite Welt haben ziehen wollen!

Johanna. In die weite Welt ... O ja. Ich weiß es noch. Aber jetzt gibt es keine solchen Märchen- und Wunderworte mehr!

Felix. Das käme vielleicht nur auf uns an.

Johanna. Nein, jetzt bedeuten die Worte nicht dasselbe wie früher.

Felix. Wie meinst du das?

Johanna. In die weite Welt ...

Felix. Was hast du, Johanna?

Johanna. Einmal hab ich zusammen mit dir im Belvedere ein Bild gesehen, an das denk ich oft: Da ist eine Wiese mit Rittern und Damen – und ein Wald, ein

Weinberg, ein Wirtshaus, und Burschen und Mädeln im Tanz, und eine große Stadt mit Kirchen und Türmen und Brücken. Und über die Brücke marschieren Soldaten, und auf dem Fluß gleitet ein Schiff dahin. Und weiter draußen ist ein Hügel, und auf dem Hügel ein Schloß, und in der Ferne hohe Berge. Und über dem Berg stehen Wolken, und über der Wiese schwimmen Nebel, und über die Stadt ergießt sich Sonnenglanz, und über das Schloß zieht ein Gewitter, und auf den Bergen liegt Schnee und Eis. – Und wenn einer sagte „die weite Welt", oder wenn ich das Wort irgendwo las, so hab ich immer an das Bild denken müssen. Und so ging's mir mit vielen von diesen Worten, die so großartig klingen. Gefahr, das war ein Tiger mit weitaufgesperrtem Rachen – Liebe, das war ein Page mit blonden Locken, der vor einer Dame kniet – der Tod war ein schöner Jüngling mit schwarzen Flügeln und einem Schwert in der Hand – und Ruhm war Schall von Trompeten, Menschen, die sich verneigen, und ein blumenbestreuter Weg. Damals konnte man freilich über alles reden, Felix. Aber jetzt sieht alles anders aus ... Ruhm und Liebe und Tod und die weite Welt.

Felix *(zögernd)*. Mir wird ein wenig bang um dich, Johanna.

Johanna. Warum, Felix?

Felix. Johanna! – Ich möchte, daß du unserm Vater keinen Kummer bereitest.

Johanna. Steht das bei mir allein?

Felix. Ich weiß, wohin deine Träume gehen, Johanna. – Was soll das werden?

Johanna. Muß denn alles etwas werden? – Ich denke, Felix, daß es die Bestimmung mancher Menschen sein mag, einander gar nichts anderes zu bedeuten als Erinnerung.

Felix. Johanna! – Du hast es selbst gesagt – daß du nicht geschaffen bist, Menschen leiden zu sehen.

Johanna *(zuckt leicht zusammen)*.

Felix. Leiden ... und ...

SECHSTE SZENE

Felix. Johanna. Julian tritt ein.

Julian. Guten Tag. *(Er reicht Felix die Hand.)*

Johanna *(ist aufgestanden).* Herr Fichtner! *(Sie reicht ihm die Hand.)*

Julian. Ich hätte dich kaum wiedererkannt, Johanna. Du bist ja eine junge Dame geworden. – Euer Vater ist noch nicht zu Hause?

Johanna. Er ist noch gar nicht weggegangen. Erst um zwölf hat er auf der Akademie zu tun.

Julian. Er wird wohl im Atelier sein?

Johanna. Ich will ihn gleich rufen.

Julian *(sieht um sich).*

(Wie Johanna weggehen will, tritt Wegrat ein, mit Hut und Stock.)

SIEBENTE SZENE

Felix. Johanna. Julian. Wegrat. Dann Stubenmädchen.

Wegrat *(reicht Julian die Hand).* Mein lieber Freund! Ich freue mich sehr.

Julian. Erst gestern nach meiner Ankunft habe ich es erfahren – durch Sala. Ich brauche dir nicht erst zu sagen ...

Wegrat. Ich danke dir für deine Teilnahme. Ich danke dir herzlich. – Setz dich doch, Julian.

Julian. Du wolltest fortgehen?

Wegrat. Es ist nicht so eilig; erst um zwölf hab ich auf der Akademie zu tun. Johanna, möchtest du so gut sein, mir für alle Fälle einen Wagen holen zu lassen –?

Johanna *(ab).*

Wegrat *(setzt sich).*

Julian *(ebenso).*

Felix *(steht an den Kamin gelehnt).*

Wegrat. Nun, du bist ja diesmal recht lange fortgeblieben.

Julian. Mehr als zwei Jahre.

Wegrat. Wärest du nur um zehn Tage früher gekommen, so hättest du sie noch einmal gesehen. Es kam so schnell – wenn auch nicht unerwartet.

Julian. Ich habe gehört.

Wegrat. Und nun bleibst du wohl wieder daheim, nicht wahr?

Julian. Einige Zeit. Wie lange, kann ich freilich nicht sagen.

Wegrat. Nun ja. Programme zu machen, ist deine Sache nie gewesen.

Julian. Ja. Dagegen hab ich eine gewisse Abneigung. *(Pause.)*

Wegrat. Ach Gott, mein lieber Freund – wie oft habe ich in der letzten Zeit an dich gedacht! –

Julian. Und ich ...

Wegrat. Du hast nicht so oft Gelegenheit dazu ... Aber ich ... wenn ich das Gebäude betrete, wo ich jetzt in Amt und Würden schalte, fällt es mir natürlich manchmal ein, wie wir als junge Leute nebeneinander im Modellsaal gesessen sind, mit tausend Plänen und Hoffnungen.

Julian. Das sagst du so melancholisch. Es haben sich doch manche erfüllt.

Wegrat. Manche ... ja ... Und man möchte doch wieder jung sein, selbst um den Preis der gleichen Sorgen und Kämpfe ...

Julian. Und selbst auf die Gefahr hin, allerlei Schönes noch einmal durchmachen zu müssen.

Wegrat. Wahrhaftig, das trägt sich am allerschwersten, wenn es Erinnerung geworden ist. – Du warst wieder in Italien?

Julian. Ja, auch in Italien war ich.

Wegrat. Ich bin nun lange nicht mehr dort gewesen. Seit wir zusammen mit dem Ränzel auf dem Rücken durchs Ampezzaner Tal gewandert sind – nach Pieve und bis hinunter nach Venedig. Erinnerst du dich noch? So hell hat die Sonne nicht wieder geschienen.

Julian. Es sind wohl beinahe dreißig Jahre her.

Wegrat. Nein, so lang ist es nicht. Du warst ja damals schon ein bekannter Mann. Du hattest gerade das schöne Bild von Irene Herms gemalt. Es war im Jahr, bevor ich heiratete.

Julian. Ja, ja.

(Pause.)

Wegrat. Erinnerst du dich noch an den Sommermorgen, an dem du mich zum erstenmal in die Kirchau begleitet hast?

Julian. Natürlich.

Wegrat. Wie wir auf dem leichten Landwägelchen durch das breite sonnige Tal fuhren? Und erinnerst du dich an das kleine Gärtchen am Hügelhang, wo du Gabriele und ihre Eltern kennenlerntest?

Felix *(mit beherrschter Bewegung).* Vater, steht denn das Haus noch, in dem die Mutter damals wohnte?

Wegrat. Nein, längst nicht mehr. Man hat eine Villa hingebaut. Vor fünf oder sechs Jahren waren wir nämlich zum letztenmal dort und haben das Grab deiner Großeltern besucht. Alles hat sich dort verändert, nur der Friedhof nicht ... *(Zu Julian.)* Weißt du noch, Julian, wie wir einmal an einem schwülen, wolkigen Nachmittag auf der niederen Friedhofsmauer gesessen sind und ein so merkwürdiges Zukunftsgespräch geführt haben?

Julian. Der Tag ist mir sehr deutlich im Gedächtnis. Aber worüber wir sprachen, erinnere ich mich nicht mehr.

Wegrat. Die Worte sind mir auch entschwunden, aber ich weiß noch, es war ein sonderbares Gespräch ... Die Welt tat sich gewissermaßen weiter auf als sonst. Und ich spürte eine Art von Neid auf dich, wie manchmal zu jener Zeit. In mir erwachte ein Gefühl, als könnt' ich auch alles — wenn ich nur wollte. Es gab so viel zu sehen, zu erfahren — das Leben strömte so mächtig hin; man mußte nur etwas frecher sein und selbstbewußter und sich hineinwerfen ... Ja, so war mir zumute, während du redetest ... Und da kam Gabriele heraufgeschritten, auf dem schmalen Weg zwischen den Akazien, vom Dorfe her, den Strohhut in der Hand, und nickte mir zu. Und alle meine Zukunftsträume schwebten nur mehr um sie, und die ganze Welt war wieder wie in einen Rahmen gefaßt und war doch groß genug und schön genug ... Wo nimmt das nur mit einem Male wieder seine Farben her? Alles war doch schon so gut wie vergessen, und nun, seit sie tot ist, schimmert es wieder so lebendig, daß man erschrecken könnte ... Ah, man sollte lieber nicht dran denken. Wozu? Wozu? *(Pause. Er geht zum Fenster.)*

Julian *(in Befangenheit, die er zu überwinden sucht).* Es ist klug und mutig von dir, daß du so rasch wieder deine Tätigkeit aufgenommen hast.

Wegrat. Wenn man sich einmal entschlossen hat, weiterzuexistieren —?! Arbeit ist doch das einzige, was einem über dieses Gefühl des Alleinseins hinweghilft ... dieses Alleingelassenseins.

Julian. Mir ist, als wenn dich der Schmerz ein wenig ungerecht machte gegenüber — manchem, was dir geblieben.

Wegrat. Ungerecht —? Nein, ich will es wirklich nicht sein. Ihr nehmt es mir doch nicht übel, Kinder ...! Nicht wahr, Felix, du verstehst mich ganz gut? Es gibt so vieles, was die jungen Leute von uns fortruft — fortlockt — fortreißt von allem Anbeginn. Wir führen ja doch nur einen Kampf um unsere Kinder von dem Augenblick an, da sie überhaupt da sind — und einen ziemlich aussichtslosen obendrein. Das liegt im Laufe der Welt: Sie können uns ja nie gehören. Und was die andern Menschen anbelangt ... auch unsere Freunde sind doch nur Gäste in unserem Leben, erheben sich vom Tisch, wenn abgespeist ist, gehen die Treppe hinab und haben — wie wir — ihre eigene Straße und ihr eigenes Geschäft. Das ist ja auch ganz natürlich ... Was nicht hindert, Julian, daß man sich freut — aufrichtig freut, wenn einer den Weg wieder zu uns findet. Und gar einer, der einem wirklich sein Lebtag sehr wert gewesen. Das kannst du mir glauben, Julian. *(Händedruck.)* Und nicht wahr, solang du in Wien bleibst, seh ich dich wieder öfters bei mir? Du würdest mir einen rechten Gefallen erweisen.

Julian. Gewiß werd ich kommen.

Stubenmädchen *(tritt ein).* Der Wagen ist da, Herr Professor. *(Ab.)*

Wegrat. Ich komme schon. *(Zu Julian).* Du hast mir viel zu erzählen. Du warst ja so gut wie verschollen. Es interessiert mich natürlich zu wissen, was du alles gemacht hast — und noch mehr, was du vorhast. Felix sprach uns von einigen sehr interessanten Entwürfen, die du ihm gezeigt hast.

Julian. Ich begleite dich, wenn es dir recht ist.

Wegrat. Danke. Aber noch freundlicher wäre es von dir, wenn du gleich bei uns bliebst und mit uns zu Mittag speisen wolltest.

Julian. Nun ...

Wegrat. Ich bin rasch fertig; ich habe heute nur rein administrative Angelegenheiten zu erledigen — ein paar Unterschriften. In Dreiviertelstunden bin ich zurück. Indes leisten dir die Kinder Gesellschaft, wie so oft in früherer Zeit ... Kinder! — — Also du bleibst? Auf Wiedersehen. *(Ab.)*

ACHTE SZENE

Felix. Julian.
Lange Pause.

Felix. Warum sind Sie nicht mit ihr fortgegangen?

Julian. Deine Mutter ist ohne Schuld; wenn es eine gibt, so trag ich sie allein. Ich will dir alles erzählen.

Felix *(nickt).*

Julian. Es war damals verabredet, daß wir zusammen fort sollten. Alle Vorbereitungen waren getroffen. Wir wollten im geheimen den Ort verlassen, weil deine Mutter vor Auseinandersetzungen und Erklärungen eine begreifliche Scheu hatte. Unsere Absicht war, von der Reise aus, nach wenigen Tagen, die Sache aufzuklären. Die Stunde unserer gemeinschaftlichen Abreise war schon bestimmt. Der ... später ihr Gatte wurde, war eben auf einige Tage nach Wien gereist, um Dokumente zu besorgen; in einer Woche sollte die Hochzeit sein. *(Pause.)* Unser Plan stand fest. Alles war verabredet. Der Wagen war schon bestellt, der abseits vom Orte warten sollte. Am Abend hatten wir einander Adieu gesagt und waren beide überzeugt, daß wir uns am nächsten Morgen wiedersehen würden, um uns überhaupt nie wieder zu trennen. — Es kam anders. — — Du darfst nicht daran denken, daß es deine Mutter war, du mußt mich anhören, als wäre es die Geschichte von fremden Leuten — dann wirst du alles verstehen.

Felix. Ich höre.

Julian. Im Juni war ich in die Kirchau gekommen, an einem schönen Sommermorgen — mit ihm ... Du weißt es ja. Ich wollte mich nur wenige Tage aufhalten. Aber ich blieb. Einigemal nahm ich mir vor, zur rechten Zeit wieder abzureisen: Aber ich blieb. Und *(lächelnd)* mit schicksalshafter Notwendigkeit glitten wir in Sünde, Glück, Verhängnis, Verrat — und Traum. Ja wahrhaftig, davon hatte es am allermeisten. Und nach diesem letzten Abschied, der nur für eine Nacht gelten sollte — als ich in das kleine Wirtshaus zurückgekehrt war und alles für die Reise in Ordnung brachte, kam ich eigentlich das erstemal recht zum Bewußtsein der Dinge, die geschehen waren und die bevorstanden. Es war wirklich beinah, wie wenn ich erwachte. Erst jetzt, in der Stille der Nacht, während ich am offenen Fenster stand, wurde es mir klar, daß morgen früh eine Stunde kam, die über meine ganze Zukunft entscheiden sollte. Und da begann es ... wie leichte Schauer über mich zu fließen. Unten sah ich die Straße hinlaufen, auf der ich gekommen war; die führte ins Land hinaus, stieg die Hügel hinan, die die Aussicht versperrten, und verlor sich ins Weite, ins Unbegrenzte — zu tausend unbekannten, unsichtbaren Straßen, die alle in diesem Augenblick noch zu meiner freien Verfügung standen. Mir war, als läge dort, hinter jenen Hügeln meine Zukunft, schimmernd von Glanz und Abenteuern, und wartete auf mich ... aber auf mich allein. Das Leben gehörte mir — aber nur dieses eine. Und um es ganz zu nehmen und ganz zu genießen, um es so zu leben, wie es mir bestimmt war, braucht' ich völlige Sorglosigkeit und Freiheit wie bisher. Und ich wunderte mich beinah, daß ich so bereit gewesen war, die Unbekümmertheit meiner Jugend, die Fülle meines Daseins hinzugeben ... Und wofür? — Für eine Leidenschaft, die in all ihrer Glut und Süßigkeit doch begonnen hatte wie manche andere und bestimmt war zu enden wie alle.

Felix. Bestimmt war zu enden? ... Enden mußte?

Julian. Ja. Mußte. Im Augenblick, da ich das Ende vorhersah, war es gewissermaßen schon da. Auf etwas warten, das kommen muß, heißt, es tausendmal, heißt — es in Wehrlosigkeit und Überdruß und Zorn erleben. Das wußt' ich tief in dieser Stunde. Und ich hatte Angst davor. Dabei fühlt' ich ganz gut, daß ich im Begriff war, gegen ein Wesen, das sich mir vertrauensvoll hingegeben, rücksichtslos, verräterisch zu handeln. — Aber alles schien mir wünschenswerter — nicht nur für mich, auch für sie — als ein langsames, klägliches, unwürdiges Vergehen. Und alle meine Bedenken gingen unter in der ungeheuern Sehnsucht, mein Leben pflichtenlos, ungebunden weiterzuführen. Viel Zeit zu überlegen hatt' ich nicht. Und ich war froh darüber. Ich war entschlossen. Ich wartete den Morgen nicht ab. Noch eh' die Sterne untergegangen waren, bin ich fort.

Felix. Entflohen ...

Julian. Nenn es, wie du magst. — Ja, es war eine Flucht, so gut und so schlecht, so unbedenklich und ... so feig wie irgendeine ... mit aller Angst des Verfolgtwerdens, mit aller Glückseligkeit des Entkommenseins. Ich verhehle dir nichts, Felix. Du bist jung, es wäre sogar möglich, daß du es besser begreifst, als ich selbst es heute begreife. Es zog mich nicht zurück, keine Spur von Reue regte sich. Wie ein Rausch durchströmte mich das Gefühl, frei zu sein. — Schon am Ende des ersten Tages war ich weit — weiter, als auf irgendeinem Meilenzeiger zu lesen stand. Schon an diesem ersten Tag begann das Bild der Frau zu verblassen, die zu einer schmerzlichen Enttäuschung, vielleicht zu schlimmerem erwacht war, verklang mir die Erinnerung ihrer Stimme, war sie ein Schatten gleich andern, die weit hinter mir zurück im Vergangenen schwebten.

Felix. Nein, es ist nicht wahr! So rasch war sie nicht vergessen, so reuelos zogen Sie nicht in die Welt. Dies soll eine Art von Buße sein. Sie stellen sich anders dar, als Sie sind.

Julian. Nicht, um mich zu beschuldigen, und nicht, um mich zu verteidigen, sprech ich zu dir. Ich sage dir einfach die Wahrheit. Du sollst sie hören. Es war deine Mutter, und ich bin es, der sie verlassen hat. Und ich sage dir noch mehr. Gerade an die Zeit, die dieser Flucht gefolgt ist, denk ich zurück wie an die hellste und reichste, die ich jemals erlebt habe. Niemals, nicht früher und nicht später, hab ich in einem so herrlichen Bewußtsein von Jugend und Unbeschränktheit geschwelgt, niemals war ich so völlig Herr meiner Gaben, meines Lebens ... nie ein so glücklicher Mensch als gerade damals.

Felix *(ruhig)*. Und wenn sie sich getötet hätte?

Julian. Ich glaube, ich hätte mich dessen für wert gehalten — in dieser Zeit.

Felix. Und vielleicht waren Sie es damals wirklich. — Und sie wollte es tun, des bin ich gewiß. Der Lüge und Qual wollte sie ein Ende machen, wie es hunderttausend Mädchen vor ihr getan. Aber Millionen tun es nicht, und es sind die klügern. Und sicher dachte sie auch daran, dem, der sie zur Gattin nahm, die Wahrheit zu gestehen. Aber freilich, es schreitet sich leichter durchs Leben, wenn man nicht die Last eines Vorwurfs oder gar die einer Verzeihung zu tragen hat.

Julian. Und wenn sie gesprochen hätte —?

Felix. Oh, ich begreife, daß sie es nicht getan hat. Sie hätte niemandem damit genützt. So hat sie geschwiegen. Geschwiegen, als sie von der Trauung heimkam — geschwiegen, als das Kind geboren wurde — geschwiegen, als der Geliebte das Haus ihres Gatten nach zehn Jahren wieder betrat — geschwiegen bis zum letzten Tag ... Solche Schicksale gibt es allerorten, und man muß nicht einmal ... verworfen sein, um sie zu erleben oder um sie zu verschulden.

Julian. Und es gibt wenige, denen es zusteht, zu richten — oder zu verurteilen.

Felix. Ich maße es mir nicht an. Es will mir nicht einmal ein, daß ich nun Betrüger und Betrogene vor mir sehen soll, wo mir bis vor einer Stunde Menschen, die mir wert sind, in so reinen Beziehungen zueinander erschienen. Und völlig unmöglich ist es mir, mich selbst als einen andern zu empfinden als den, für den ich mich bis heute gehalten habe. Es ist eine Wahrheit ohne Kraft ... Ein lebhafter Traum wäre zwingender als diese Geschichte aus verflossenen Tagen, die Sie mir erzählt haben. Es hat sich nichts verändert ... nichts. Das Andenken meiner Mutter ist mir so heilig als zuvor. Und der Mann, in dessen Haus ich geboren und auferzogen bin, der meine Kindheit und meine Jugend mit Sorgfalt und Zärtlichkeit umgeben hat und der meine Mutter — geliebt hat, gilt mir geradesoviel, als er mir bisher gegolten — und beinahe mehr.

Julian. Und doch, Felix, so kraftlos dir diese Wahrheit scheint — eines weißt du schon in diesem Augenblick des Zweifels: Als meinen Sohn hat deine Mutter dich geboren ...

Felix. Zu einer Zeit, da sie Sie verfluchte.

Julian. ... auferzogen als meinen Sohn ...

Felix. In Haß gegen Sie.

Julian. Zuerst. Später in Verzeihung, und endlich — vergiß es nicht — in Freundschaft für mich. — Und an jenem letzten Abend, woran hat sie sich erinnert? ... Wovon mit dir gesprochen? ... Von jenen Tagen, in denen sie das größte Glück erlebte, das einer Frau beschieden sein kann.

Felix. Und das tiefste Elend.

Julian. Denkst du, es war Zufall, daß ihr am letzten Abend gerade jene Tage wieder durch den Sinn gingen? ... Glaubst du, sie wußte nicht, daß du zu mir kommen und jenes Bild von mir verlangen würdest? ... Und denkst du, dein Wunsch bedeutete etwas anderes als den letzten Gruß deiner Mutter an mich? —

Verstehst du es, Felix? ... Und in dieser Sekunde – wehre dich nicht – steht es vor deinen Augen – das Bild, das du gestern in deiner Hand hieltest; und deine Mutter sieht dich an. – Und der gleiche Blick ruht auf dir, Felix, der damals auf mir geruht hat, an dem glühenden und heiligen Tag, da sie in meine Arme sank und dich empfing. – Und was immer dich jetzt bewegt, Zweifel und Verwirrung, du weißt nun einmal die Wahrheit, deine Mutter selbst hat es gewollt, und es gibt für dich keine Möglichkeit mehr, zu vergessen, daß du mein Sohn bist.

Felix. Ihr Sohn ... – Es ist nichts als ein Wort. Es klingt ins Leere. – Ich sehe Sie an, ich weiß es, aber ich erfaß es nicht.

Julian. Felix! –

Felix. Sie sind mir ein Fremder geworden, seit ich es weiß. *(Er wendet sich ab.)*

VIERTER AKT

Garten im Hause des Herrn von Sala. Links das weiße ebenerdige Haus, mit breiter Terrasse, von der sechs Steinstufen in den Garten herabführen. Von der Terrasse führt eine breite Glastüre in den Salon. Im Vordergrund ein kleiner Teich, im Halbkreis herum eine kleine Baumanlage. Eine Allee läuft von hier aus schief nach rechts hin. Am Beginn dieser Allee, dem Teich nahe, zwei Säulen. Auf diesen Säulen die Marmorbüsten von zwei römischen Kaisern. Eine steinerne Bank mit Lehne halbkreisförmig, rechts vom Teich, unter Bäumen. Rückwärts schimmert das Gitter durch das dünn gewordene Gesträuch. Hinter dem Gitter Wald, rötlich belaubt, mäßig ansteigend. Blaßblauer Herbsthimmel. Stille. – Die Szene einige Augenblicke leer.

ERSTE SZENE

Von der Terrasse aus treten auf Sala und Johanna. Johanna schwarz gekleidet, Sala in grauem Anzug, dunklen Überzieher um die Schulter geworfen. — Sie gehen langsam die Treppe hinab.

Sala. Es wird dir ein wenig kühl sein.
(Er macht ein paar Schritte ins Zimmer zurück, nimmt ein Cape, das dort bereitlag, legt es Johanna um die Schultern. Sie kommen allmählich in den Garten herab.)

Johanna. Weißt du, was ich mir einbilde? ... Daß dieser Tag heute unser Tag ist — uns gehört, uns ganz allein. Wir haben ihn gerufen, und wenn wir wollten, könnten wir ihn halten ... Die andern Menschen wohnen heute nur wie zu Gast in der Welt. Nicht wahr? ... Es kommt wohl daher, daß du einmal von diesem Tag gesprochen hast.

Sala. Von diesem —?

Johanna. Ja ... als die Mutter noch lebte ... Und nun ist er wirklich da. Die Blätter sind rot, der goldene Dunst liegt über den Wäldern, der Himmel ist blaß und fern — und der Tag ist noch viel schöner und trauriger, als ich ihn je hätte ahnen können. Und ich erlebe ihn in deinem Garten und spiegle mich in deinem Teich. *(Sie steht dort und blickt hinab.)* Und doch werden wir ihn so wenig halten können, diesen goldenen Tag, als das Wasser hier mein Bild behalten wird, wenn ich gehe.

Sala. Sonderbar, in dieser klaren, lauen Luft weht doch schon eine Ahnung von Winter und Schnee.

Johanna. Was kümmert's dich? Wenn diese Ahnung hier Wahrheit wird, bist du längst in einem andern Frühling.

Sala. Wie meinst du das?

Johanna. Nun, dort wo ihr hingeht, gibt's doch wohl keinen Winter wie bei uns.

Sala *(nachdenklich)*. Nein, keinen Winter wie bei uns. *(Pause.)* Und du?

Johanna. Ich —?

Sala. Ich meine, wenn ich nun fort bin, was wirst du tun?

Johanna. Wenn du fort bist —? *(Sie betrachtet ihn. Er schaut in die Ferne.)* Warst du nicht lange fort von mir? Und bist du's nicht am Ende auch in diesem Augenblick?

Sala. Was sprichst du denn da? Ich bin bei dir ... Was wirst du tun, Johanna?

Johanna. Ich habe dir's ja schon gesagt: Fortgehen — wie du.

Sala *(schüttelt den Kopf)*.

Johanna. Sobald als möglich. Jetzt hab ich noch den Mut dazu. Wer weiß, was später aus mir wird, wenn ich hierbleibe.

Sala. Solang man jung ist, stehen alle Türen offen, und vor jeder Türe fängt die Welt an.

Johanna. Aber erst, wenn man an niemandem hängt, ist die Welt weit und der Himmel unendlich. Und darum will ich fort.

Sala. Fort — das sagt sich so leicht. Dazu braucht es doch Vorbereitungen aller Art und irgendeinen Plan. Du sprichst aber dieses Wort aus, als wenn du dir nur Flügel anzulegen brauchtest, um in die Ferne zu fliegen.

Johanna. Entschlossen sein — heißt auch Flügel haben.

Sala. Hast du gar keine Angst, Johanna?

Johanna. Eine Sehnsucht ohne Angst, das wäre eine wohlfeile Sehnsucht, der man gar nicht wert wäre.

Sala. Wohin wird sie dich führen?

Johanna. Ich werde meinen Weg finden.

Sala. Man kann sich den Weg wählen, aber nicht die Menschen, denen man begegnet.

Johanna. Denkst du, ich weiß nicht, daß es mir nicht bestimmt sein kann, nur Schönes zu erleben? Auch Häßliches, auch Gemeines steht mir bevor.

Sala. Und wie wirst du es tragen? ... Wirst du es ertragen können?

Johanna. Ich werde ja nicht immer wahr sein wie zu dir. Ich werde lügen — und ich freu mich darauf. Ich werde nicht immer froh sein und nicht immer klug. Ich werde irren und leiden. So muß es wohl sein.

Sala. Du weißt das alles im voraus, und doch ...

Johanna. Ja.

Sala. Und warum? ... Warum gehst du fort, Johanna?

Johanna. Warum ich fortgehe? ... Ich will später einmal vor mir selbst erschauern müssen. So tief erschauern, wie man es nur kann, wenn einem nichts fremd geblieben ist. So wie es dir geschehen muß, wenn du auf dein Leben zurückblickst. Nicht wahr?

Sala. Manchmal wohl. Aber gerade in solchen Augenblicken des Schauerns liegt eigentlich nichts hinter mir zurück — alles ist wieder gegenwärtig. Und das Gegenwärtige ist vergangen. *(Er sitzt auf der Bank.)*

Johanna. Wie meinst du das?

Sala *(die Hand vor den Augen, schweigt).*

Johanna. Was ist dir? Wo bist du?

(Leiser Wind, Blätterrauschen und -fallen.)

Sala. Ich bin ein Kind und reite auf dem Pony übers Feld. Mein Vater ist hinter mir her und ruft. Dort am Fenster wartet meine Mutter; sie hat einen grauen Seidenshawl ums dunkle Haar und winkt mir zu ... Und ich bin ein junger Leutnant auf Manöver und steh auf einem Hügel und melde meinem Obersten, daß hinter dem Gehölz die feindlichen Jäger lauern, bereit, hervorzubrechen, und unten in der Mittagssonne seh ich Bajonette und Knöpfe leuchten ... Und ich liege einsam im treibenden Kahn und schau in die dunkelblaue Sommerluft, und unbegreiflich schöne Worte reihen sich mir aneinander — so schön, wie ich sie niemals habe niederschreiben können ... Und ich ruhe auf einer Bank in dem schwülen Park am See von Lugano, und Helene sitzt neben mir; sie hat ein Buch mit rotem Umschlag in der Hand; drüben unter dem Magnoliabaum spielt Lilli mit dem blonden englischen Buben, und ich höre, wie sie plaudern und lachen ... Und ich spaziere mit Julian über raschelnden Blättern langsam auf und ab, und wir reden über ein Bild, das wir gestern gesehen haben. Und ich sehe das Bild: Zwei alte Matrosen mit zermürbten Gesichtern; sie sitzen auf einem umgewandten Nachen, den trüben Blick aufs unendliche Meer hinaus. Und ich fühle ihr

Elend tiefer als der Maler, der es gemalt hat, tiefer, als sie selber es fühlen, wenn sie lebendig wären ... All das, all das ist da – wenn ich nur die Augen schließe, ist mir näher als du, Johanna, wenn ich dich nicht sehe und wenn du schweigst.

Johanna *(hat die Augen mit Wehmut auf ihn gerichtet).*

Sala. Gegenwart ... was heißt das eigentlich? Stehen wir denn mit dem Augenblick Brust an Brust, wie mit einem Freund, den wir umarmen – oder mit einem Feind, der uns bedrängt? Ist das Wort, das eben verklang, nicht schon Erinnerung? Der Ton, mit dem eine Melodie begann, nicht Erinnerung, ehe das Lied geendet? Dein Eintritt in diesen Garten nicht Erinnerung, Johanna? Dein Schritt über diese Wiese dort nicht geradeso vorbei wie der Schritt von Wesen, die längst gestorben sind?

Johanna. Nein, es soll nicht so sein. Es macht mich traurig.

Sala *(wieder in der Gegenwart).* Warum? ... das sollt' es nicht, Johanna. Gerade in solchen Stunden wissen wir, daß wir nichts verloren haben und eigentlich nichts verlieren können.

Johanna. Ach, hättest du doch alles vergessen und verloren und könnte ich dir alles sein!

Sala *(beinah erstaunt).* Johanna –

Johanna *(leidenschaftlich).* Ich liebe dich. *(Pause.)*

Sala. In wenig Tagen bin ich fort, Johanna. Du weißt es ... du hast es gewußt.

Johanna. Ich weiß es. Warum wiederholst du es? Denkst du vielleicht, ich will mich mit einemmal an dich hängen wie ein verliebtes Ding und von Ewigkeiten träumen? – Nein, das ist wahrhaftig nicht meine Art, o nein! ... Aber ich wollt' es dir doch einmal sagen, daß ich dich liebhabe. Einmal darf ich's doch? – Hörst du? Ich liebe dich. Und ich möchte, daß du es später einmal geradeso hörst, wie ich es jetzt sage – in irgendeinem andern Augenblick, schön wie dieser ... und in dem wir beide nichts mehr voneinander wissen werden.

Sala. Wahrhaftig, Johanna, dessen darfst du sicher sein, daß der Ton deiner Stimme mir niemals entschwinden wird. – Aber wozu von ewiger Trennung reden? Vielleicht sehen wir uns später wieder ... in drei Jahren ... oder in fünf ... *(Lächelnd.)* Dann bist du vielleicht eine Prinzessin geworden und ich Fürst einer versunkenen Stadt ... Warum schweigst du?

Johanna *(nimmt das Cape fester um).*

Sala. Fröstelt dich?

Johanna. O nein. – Aber ich muß nun gehen.

Sala. Eilst du so?

Johanna. Es wird spät. Ich möchte zu Hause sein, eh' mein Vater nach Hause kommt.

Sala. Wie sonderbar! – Heute eilst du nach Hause und willst dich nicht verspäten, damit dein Vater sich nicht ängstigt, und in ein paar Tagen ...

Johanna. Dann wird er mich auch nicht mehr erwarten. Leb wohl, Stephan.

Sala. Auf morgen also.

Johanna. Ja, auf morgen.

Sala. Du kommst wieder durch die Gartentür, natürlich.

Johanna. Bleibt nicht ein Wagen vor dem Hause stehen?

Sala. Die Türen sind abgeschlossen. Es kann niemand in den Garten kommen.

Johanna. Also leb wohl.

Sala. Auf morgen.

Johanna. Ja. *(Sie sind im Gehen.)*

Sala. Höre, Johanna. – Wenn ich dir nun sagte: Bleibe.

Johanna. Nein, ich muß jetzt fort.

Sala. Nicht so mein ich's.

Johanna. Wie denn?

Sala. Ich meine, wenn ich dich bäte, bei mir zu bleiben – für ... lange.

Johanna. Du machst sonderbare Scherze.

Sala. Ich scherze nicht.

Johanna. Vergißt du, daß du – fortfährst?

Sala. Ich bin nicht gebunden. Nichts hindert mich, zu Hause zu bleiben, wenn ich nicht gelaunt bin, fortzugehen.

Johanna. Um meinetwillen?

Sala. Das sag ich nicht. Um meinetwillen vielleicht.

Johanna. O nein, du darfst darauf nicht verzichten. Du würdest es mir nicht verzeihen, daß ich dir das genommen habe.

Sala. Glaubst du? *(Lauernd.)* Und wenn wir beide gingen?

Johanna. Wie?

Sala. Wenn du mit mir die Reise wagtest? Nun, es gehört ein bißchen Courage dazu, natürlich. Du wärst vielleicht nicht die einzige Frau. Die Baronin Golobin geht auch mit, wie ich höre.

Johanna. Sprichst du im Ernst?

Sala. Ganz im Ernst. Ich frage dich, ob du die Reise mit mir machen willst ... als meine Frau natürlich, um auch von diesen äußerlichen Dingen zu reden.

Johanna. Ich sollte –?

Sala. Was bewegt dich so sehr?

Johanna. Mit dir? ... Mit dir?

Sala. Mißversteh mich nicht, Johanna. Du sollst deswegen nicht für alle Zeit an mich gebunden sein. Wenn wir wieder zurückkommen, können wir einander Lebwohl sagen – ohne weiteres. Es ist eine ganz einfache Sache. Denn alle deine Träume kann ich dir nicht erfüllen – das weiß ich ganz gut ... Du brauchst nicht gleich zu erwidern. Stunden wie diese verleiten allzu leicht zu Worten, die am nächsten Tage nicht mehr wahr sind. Ich möchte dich nie ein solches Wort reden hören.

Johanna *(hat ihn während dieser Worte angeschaut, als wollte sie seine Worte eintrinken).* Nein, ich sage nichts ... ich sage gar nichts.

Sala *(sieht sie lang an).* Du wirst darüber nachdenken und wirst mir morgen antworten.

Johanna. Ja. *(Sie sieht ihn lang an.)*

Sala. Was ist dir?

Johanna. Nichts. – Auf morgen. Leb wohl.

(Er geleitet sie. Sie geht durch die Gartentür ab.)

Sala *(kommt zurück und bleibt vor dem Teich stehen).* Als wollt' ich ihr Bild drin suchen ... Warum war sie so bewegt? ... Glück? – Nein, das war nicht Glück ... Warum hat sie mich so angesehen? Warum ist sie erschrocken? In dem Blick lag etwas wie Abschied für ewig. *(Erschrickt plötzlich.)* Sollte es so mit mir stehen? ... Aber woher kann sie's wissen? ... Dann wissen es andre auch –!

(Er starrt vor sich hin. – Er geht langsam die Terrasse hinauf, dann in den Salon, kommt gleich wieder, mit Julian.)

ZWEITE SZENE

Sala und Julian.

Julian. Und diese Herrlichkeit wollen Sie so bald verlassen?

Sala. Sie wird sich hoffentlich wiederfinden lassen.

Julian. Ich wünsch es für uns beide.

Sala. Sie sagen das so zweifelnd ...

Julian. Nun ja – ich denke an den merkwürdigen Artikel in der Tagespost.

Sala. Worüber?

Julian. Nun, über die Vorgänge am Kaspischen Meer.

Sala. Ah, haben das die hiesigen Zeitungen auch schon aufgegriffen?

Julian. Die Zustände in einzelnen Strichen, die Sie passieren, scheinen ja wirklich höchst gefahrvoll zu sein.

Sala. Übertreibungen. Wir sind besser unterrichtet. Meiner Ansicht nach stecken hinter diesen Artikeln englische Gelehrten-Eifersüchteleien. Was Sie gelesen, ist aus den Daily News übersetzt. Da stand es schon vor drei Wochen. – Haben Sie übrigens Felix gesehen?

Julian. Er war noch gestern abend bei mir. Und heute war ich bei Wegrat. Er verlangte das Bild seiner Mutter zu sehen, das ich vor dreiundzwanzig Jahren gemalt habe. – Und so hat es sich gefügt, daß ich ihm alles gesagt habe.

Sala. So. *(Nachdenklich.)* Und wie hat er es denn aufgenommen?

Julian. Es hat ihn beinahe mehr bewegt, als ich gedacht hatte.

Sala. Nun, Sie haben hoffentlich nicht erwartet, daß er Ihnen in die Arme stürzen würde wie der wiedergefundene Sohn in der Komödie.

Julian. Nein. Gewiß nicht. – Ich habe ihm alles erzählt, ohne jede Schonung für mich; darum fühlte er das Unrecht, das an dem Gatten seiner Mutter verübt worden ist, stärker als alles andere. Aber das wird nicht lange währen. Er wird bald verstehen, daß im höheren Sinne kein Unrecht geschehen ist. Leute von der Art Wegrats sind nicht dazu geschaffen, wirklich zu besitzen – weder Frau noch Kinder. Sie mögen Zuflucht, Aufenthalt bedeuten – Heimat nie. Verstehen Sie, wie ich das meine? Es ist ihr Beruf, Wesen in ihren Armen aufzunehmen, die von irgendeiner Leidenschaft müde oder zerbrochen sind. Aber sie ahnen nicht, woher sie kommen. Es ist ihnen auch gegönnt, Wesen heranzuziehen und zu betreuen, aber sie verstehen nicht, wohin sie gehen. Sie sind da, um sich unbewußt aufzuopfern und in diesen Opfern ein Glück zu finden, das andern vielleicht recht armselig vorkäme ... Sie schweigen?

Sala. Ich höre Ihnen zu.

Julian. Und sagen mir nichts?

Sala. Nun ja ... es läßt sich ganz geläufig Skalen spielen, auch wenn der Geigenkasten einen Sprung hat ...

DRITTE SZENE

Julian. Sala. Felix. Dann der Diener.
Es wird etwas dunkler.

Sala. Wer ist's?

Felix *(auf der Terrasse).* Ich bin's. Ihr Diener sagte mir ...

Sala. O Felix! Seien Sie mir willkommen.

Felix *(herunterkommend).* Guten Abend, Herr von Sala. – Guten Abend, Herr Fichtner.

Julian. Guten Abend, Felix.

Sala. Ich freue mich sehr, Sie bei mir zu sehen.

Felix. Die prachtvollen alten Bäume!

Sala. Ein Stück Wald – Sie müssen sich nur das Gitter wegdenken. – Was führt Sie zu mir, Felix? Ich habe Sie erst morgen früh erwartet. Sollten Sie schon zu einem Entschluß gekommen sein?

Julian. Stör ich?

Felix. O nein. Es ist kein Geheimnis. – Ich nehme Ihren Vorschlag an, Herr von Sala, und bitte Sie um die Freundlichkeit, mit dem Grafen Ronsky zu sprechen.

Sala *(reicht ihm die Hand)*. Das freut mich ... *(Zu Julian.)* Es handelt sich um unsere asiatische Unternehmung.

Julian. Wie? ... Du hast die Absicht, dich dieser Expedition anzuschließen?

Felix. Ja.

Sala. Haben Sie mit Ihrem Vater schon darüber gesprochen?

Felix. Ich will es heute abend tun. – Aber das ist eine Formalität. Ich bin entschlossen, wenn nicht irgendein anderes Hindernis dazwischentritt ...

Sala. Ich werde den Grafen heute noch sprechen.

Felix. Wie soll ich Ihnen danken?

Sala. Dazu liegt gar keine Ursache vor. Es braucht überhaupt keines Wortes mehr von mir. Der Graf weiß alles über Sie, was zu wissen notwendig ist.

Der Diener *(erscheint auf der Terrasse)*. Eine Dame fragt, ob der gnädige Herr zu Hause sind.

Sala. Sie nannte ihren Namen nicht? – Die Herren entschuldigen einen Augenblick. *(Dem Diener entgegen, entfernt sich.)*

VIERTE SZENE

Julian und Felix.

Julian. Du gehst fort?

Felix. Ja. Ich bin sehr glücklich, daß sich mir diese Gelegenheit bietet.

Julian. Hast du dich denn über das eigentliche Wesen dieser Unternehmung auch schon näher unterrichtet?

Felix. Jedenfalls steht mir eine wirkliche Tätigkeit bevor und eine neue weitere Welt.

Julian. Ob sich nicht all dies finden könnte in Verbindung mit hoffnungsvolleren Aussichten?

Felix. Das wäre wohl möglich. Aber ich habe keine Lust zu warten.

FÜNFTE SZENE

Felix. Julian. Sala. Irene.

Irene *(noch auf der Terrasse, mit Sala).* Ich konnte doch nicht Wien verlassen, ohne mein Wort zu halten.

Sala. Ich danke Ihnen sehr, Fräulein Herms.

Irene *(mit Sala herunterkommend).* Sie haben es hier aber wirklich wundervoll. – Guten Abend, Julian. Guten Abend, Herr Leutnant.

Sala. Sie hätten etwas früher kommen sollen, Fräulein Herms, da hätten Sie alles noch im Sonnenschein gesehen.

Irene. Ich war ja schon vor zwei Stunden da. Aber da war es ein verzaubertes Schloß. Man hat nicht hereinkönnen. Die Klingel hat gar keinen Ton gegeben.

Sala. Ach ja. Entschuldigen Sie; wenn ich geahnt hätte ...

Irene. Aber es macht ja gar nichts. Ich habe die Zeit ganz gut benützt. Ich bin tiefer in den Wald hineingefahren, bis über Neustift und Salmannsdorf. Und dann bin ich ausgestiegen und bin einen Weg gegangen, der mir aus früherer Zeit in Erinnerung war. *(Sie sieht Julian an.)* Ich hab mich auf einer Bank ausgeruht, wo ich vor vielen, vielen Jahren mit einem guten Bekannten gesessen bin. *(Lächelnd.)* Wissen Sie noch, Herr Fichtner? Der Blick ist so schön. Über die Wiesen und über die ganze Stadt sieht man hin, bis zur Donau.

Sala *(auf die Steinbank weisend).* Wollen Sie hier nicht ein bißchen Platz nehmen, Fräulein Herms?

Irene. Danke. *(Sie lorgnettiert die Kaiserbüsten.)* Da kommt man sich ja ganz römisch vor ... Aber hab ich die Herren nicht in einer Unterredung gestört?

Sala. Durchaus nicht.

Irene. Es scheint mir doch. Sie schauen alle so ernst drein. – Ich will lieber gehen.

Sala. Nein, das dürfen Sie nicht, Fräulein Herms. – Haben Sie vielleicht noch irgendeine Frage an mich, Felix, in unserer Angelegenheit?

Felix. Wenn Fräulein Herms uns eine Minute entschuldigt ...

Irene. Aber bitte, natürlich!

Sala. Sie verzeihen, Fräulein Herms –

Felix. Es handelt sich nämlich um die Schritte, die ich bei meinem Kommando ... *(Im Gehen. Er entfernt sich langsam mit Sala.)*

SECHSTE SZENE

Irene und Julian.

Irene. Was haben die zwei für Geheimnisse? Was geht hier überhaupt vor?

Julian. Gar nichts Geheimnisvolles. Dieser junge Mann will auch die Expedition mitmachen, hör ich. Und da haben sie natürlich einiges zu besprechen.

Irene *(hat Felix und Sala nachgesehen).* Julian. – *Er* ist es.

Julian *(schweigt).*

Irene. Du brauchst nicht zu antworten. Ich hab ununterbrochen darüber nachdenken müssen ... ich begreif nur nicht, daß ich's nicht früher gewußt hab. *Er* ist es. – Und dreiundzwanzig Jahre ist er alt. – Und ich hab mir damals wirklich gedacht, wie du mich davongejagt hast: Wenn er sich nur nicht umbringt! ... Und dort spaziert sein Sohn.

Julian. Was hilft's mir? Mir gehört er nicht.

Irene. Schau doch hin! Er ist da, er lebt, er ist jung und schön! Ist das nicht genug? *(Sie steht auf.)* Und ich war ruiniert.

Julian. Wie? ...
Irene. Verstehst du mich? Ruiniert ...
Julian. Das hab ich nicht geahnt.
Irene. Du hättest mir doch nicht helfen können. *(Pause.)* Adieu. Entschuldig mich. Sag ihnen, was du willst. Ich fahr fort, ich will nichts mehr wissen.
Julian. Was hast du denn? Es hat sich ja nichts geändert.
Irene. Glaubst du? ... Mir kommt vor, diese ganzen dreiundzwanzig Jahre sind plötzlich was ganz anderes geworden. – Leb wohl.
Julian. Leb wohl. Auf Wiedersehen.
Irene. Auf Wiedersehen? Liegt dir denn was daran? Ja? – Bist du traurig, Julian? ... Jetzt tust du mir schon wieder leid. *(Kopfschüttelnd.)* Ihr seid halt so. Was soll man da machen!
Julian. Nimm dich zusammen, da kommen sie.

SIEBENTE SZENE

Irene. Julian. Sala. Felix.

Sala. So, nun wäre alles erledigt.
Felix. Ich danke Ihnen sehr. Nun muß ich mich empfehlen.
Irene. Morgen fahren Sie schon wieder weg?
Felix. Ja, Fräulein.
Irene. Sie wollen jetzt wahrscheinlich auch in die Stadt, Herr Leutnant? Wenn es ihnen nicht unangenehm ist, nehm ich Sie gleich mit.
Felix. Sie sind sehr freundlich.
Sala. Wie, Fräulein Herms ...? Das war aber ein kurzer Besuch.
Irene. Ja, ich habe noch einiges zu besorgen. Denn morgen geht's wieder in die Wildnis; und jetzt komm ich wahrscheinlich so bald nicht wieder nach Wien. – Also, Herr Leutnant?
Felix. Adieu, Herr Fichtner. Und falls ich Sie nicht mehr sehen sollte ...
Julian. Wir werden uns noch sehen.

Irene. Die Leute werden sich denken: Der Herr Leutnant mit der Frau Mama. *(Sie wirft einen letzten Blick auf Julian.)*

Sala *(begleitet Irene und Felix die Terrasse hinauf).*

Julian *(bleibt zurück; er geht auf und ab. Nach einiger Zeit kommt Sala wieder zurück).*

ACHTE SZENE

Julian und Sala.

Julian. Sie halten es für zweifellos, daß Ihre Schritte beim Grafen Ronsky Erfolg haben werden?

Sala. Ich habe schon vorher vom Grafen bestimmte Zusicherungen erhalten, sonst hätte ich Felix keine Hoffnungen gemacht.

Julian. Warum haben Sie das getan, Sala?

Sala. Wahrscheinlich, weil mir Felix sehr sympathisch ist und ich gern in angenehmer Gesellschaft reise.

Julian. Und Sie haben gar nicht daran gedacht, daß mir der Gedanke schmerzlich ist, ihn zu verlieren?

Sala. Was soll das, Julian! Verlieren kann man doch nur, was man besessen hat. Und besitzen kann man nur, worauf man sich ein Recht erwarb. Das wissen Sie so gut wie ich.

Julian. Verleiht es nicht schließlich auch ein gewisses Anrecht auf jemanden, wenn man seiner bedarf? — Verstehen Sie es denn nicht, Sala, daß er meine letzte Hoffnung ist? ... Daß ich überhaupt niemand und nichts mehr habe außer ihm? ... Daß ich nach allen Seiten ins Leere greife? ... Daß mir vor der Einsamkeit graut, die mich erwartet?

Sala. Und was hülfe es Ihnen, wenn er bliebe? Was hülfe es Ihnen selbst, wenn er irgend etwas wie kindliche Zärtlichkeit zu Ihnen empfände? ... Was hülfe er Ihnen oder irgendein anderer als er? ... Es graut Ihnen vor der Einsamkeit? ... Und wenn Sie eine Frau an Ihrer Seite hätten, wären Sie heute nicht allein? ... Und wenn Kinder und Enkel um Sie lebten, wären Sie es nicht? ... Und wenn Sie sich Ihren

Reichtum, Ihren Ruhm, Ihr Genie bewahrt hätten — wären Sie es nicht? ... Und wenn uns ein Zug von Bacchanten begleitet — den Weg hinab gehen wir alle allein ... wir, die selbst niemandem gehört haben. Das Altern ist nun einmal eine einsame Beschäftigung für unsereinen, und ein Narr, wer sich nicht beizeiten darauf einrichtet, auf keinen Menschen angewiesen zu sein.

Julian. Und Sie, Sala, Sie glauben, daß Sie keines Menschen bedürfen?

Sala. So, wie ich sie gebraucht habe, werden sie mir jederzeit zu Gebote stehen. Ich bin stets für gemessene Entfernungen gewesen. Daß es die andern nicht merken, ist nicht meine Schuld.

Julian. Da haben Sie allerdings recht, Sala. Sie haben nie ein Wesen auf Erden geliebt.

Sala. Möglich. Und Sie? So wenig, Julian, als ich ... Lieben heißt, für jemand andern auf der Welt sein. Ich sage nicht, daß es ein wünschenswerter Zustand sei, aber jedenfalls, denke ich, wir waren beide sehr fern davon. Was hat das, was unsereiner in die Welt bringt, mit Liebe zu tun? Es mag allerlei Lustiges, Verlogenes, Zärtliches, Gemeines, Leidenschaftliches sein, das sich als Liebe ausgibt — aber Liebe ist es doch nicht ... Haben wir jemals ein Opfer gebracht, von dem nicht unsere Sinnlichkeit oder unsere Eitelkeit ihren Vorteil gehabt hätte? ... Haben wir je gezögert, anständige Menschen zu betrügen oder zu belügen, wenn wir dadurch um eine Stunde des Glücks oder der Lust reicher werden konnten? ... Haben wir je unsere Ruhe oder unser Leben aufs Spiel gesetzt — nicht aus Laune oder Leichtsinn ... nein, um das Wohlergehen eines Wesens zu fördern, das sich uns gegeben hatte? ... Haben wir je auf ein Glück verzichtet, wenn dieser Verzicht nicht wenigstens zu unserer Bequemlichkeit beigetragen hätte? ... Und glauben Sie, daß wir von einem Menschen — Mann oder Weib — irgend etwas zurückfordern dürften, das wir ihm geschenkt hatten? Ich meine keine Perlenschnur und keine Rente und keine wohlfeile Weisheit, sondern ein Stück von unserm Wesen — eine Stunde unseres Daseins, das wir wirklich an sie verloren hätten, ohne uns gleich dafür bezahlt zu machen, mit welcher Münze immer. Mein lieber Julian, wir haben die Türen offen stehen und unsere Schätze sehen lassen — aber Verschwender sind wir nicht gewesen. Sie so wenig als ich. Wir können uns ruhig die Hände reichen, Julian. Ich bin etwas weniger wehleidig als Sie, das ist der ganze Unterschied. — Aber ich erzähle Ihnen ja da nichts Neues. Sie wissen das alles geradesogut wie ich. Es gibt ja für uns gar keine Möglichkeit, uns nicht zu kennen; wir geben uns wohl zuweilen redliche Mühe, uns über uns selbst zu täuschen, aber es gelingt uns nicht. Andern mögen unsere Torheiten, unsere Niederträchtigkeiten verborgen bleiben — uns selber nie. In unserer tiefsten Seele wissen wir immer, woran wir mit uns sind. — Es wird kühl, Julian, gehen wir ins Zimmer.

(Sie beginnen hinaufzugehen.)

Julian. All das mag wahr sein, Sala. Aber Sie werden mir zugeben: Wenn es einen auf der Welt gibt, der uns die Fehler unseres Lebens nicht dürfte entgelten lassen, so ist es gewiß der, der uns *selbst* das Dasein verdankt.

Sala. Von entgelten ist hier gar nicht die Rede. Ihr Sohn hat den Sinn für das Wesentliche, Julian, Sie selbst haben es gesagt. Und er fühlt es, daß man sehr wenig für einen Menschen getan hat, wenn man nichts tat, als ihn in die Welt zu setzen.

Julian. So soll es wenigstens werden wie vorher, da er noch nichts wußte. Ich will wieder ein Mensch für ihn sein wie jeder andere. So darf er nicht von mir gehen ... Ich ertrag es nicht. Verdien ich denn, daß er vor mir flieht? ... Und wenn auch alles, was ich bis heute in mir für gut und wahr gehalten — am Ende auch die Neigung für diesen jungen Menschen, der mein Sohn ist —, nichts gewesen ist als Selbstbetrug — jetzt lieb ich ihn ... Verstehen Sie mich, Sala? Ich liebe ihn und verlange nichts anderes mehr, als daß er es glaube, eh' ich ihn für immer verlieren muß ...

(Dunkelheit. – Beide über die Terrasse hinauf, durch den Salon ab. – Bühne eine Weile leer. Der Wind ist etwas stärker geworden.)

NEUNTE SZENE

Johanna *(kommt von rechts durch die Allee, langsam am Teich vorbei bis zur Terrasse. – Die Fenster des Gartensaals sind erleuchtet. Sala hat sich an den Tisch gesetzt; der Diener ist gekommen und schenkt ein Glas Wein ein. – Johanna bleibt stehen. Sie scheint in großer Erregung und geht zwei Stufen der Terrasse hinauf. Sala hört ein Geräusch und wendet flüchtig den Kopf. Johanna bemerkt es, eilt wieder die Treppe hinunter und bleibt am Teiche stehen. Sie blickt ins Wasser).*

FÜNFTER AKT

Garten bei Wegrat.

ERSTE SZENE

Doktor Reumann und Julian.

Doktor Reumann *(sitzt an einem kleinen Tischchen und schreibt etwas in sein Notizbuch).*

Julian *(kommt rasch über die Veranda).* Ist es wahr, Herr Doktor?

Doktor Reumann *(steht auf).* Ja, es ist wahr.

Julian. Verschwunden?

Doktor Reumann. Ja, sie ist verschwunden. Seit gestern nachmittag ist sie fort. Sie hat keine Nachricht zurückgelassen, sie hat nichts mit sich genommen – sie ist einfach fortgegangen und nicht mehr zurückgekommen.

Julian. Ja, was kann denn geschehen sein?

Doktor Reumann. Darüber haben wir nicht einmal eine Vermutung. Vielleicht hat sie sich verirrt und kommt wieder. Oder es ist irgendein plötzlicher Entschluß ... Wüßte man nur, wozu.

Julian. Wo sind die andern?

Doktor Reumann. Wir wollten um zehn Uhr alle hier wieder zusammentreffen. Ich war in den verschiedenen Spitälern und an andern Orten, wo die Möglichkeit vorlag, eine Spur zu finden ... Der Professor dürfte wohl jetzt die Anzeige erstattet haben.

ZWEITE SZENE

Doktor Reumann und Julian. Felix kommt rasch.

Felix. Nichts?

Doktor Reumann. Nichts.

Julian *(gibt Felix die Hand).*

Doktor Reumann. Woher kommen Sie?

Felix. Ich war bei Herrn von Sala.

Doktor Reumann. Wie?

Felix. Es schien mir doch nicht unmöglich, daß er irgendwelche Vermutung haben, daß er uns irgendeine Richtung angeben könnte. Aber er weiß nichts. Offenbar. Wenn er etwas wüßte – etwas Bestimmtes wüßte, hätte er es mir gesagt. Dessen bin ich sicher. Er lag noch zu Bette, als ich mich bei ihm melden ließ. Er meinte wohl, es handle sich um unsere Angelegenheit. Als er hörte, daß Johanna verschwunden sei, wurde er sehr blaß ... Aber er weiß nichts.

DRITTE SZENE

Julian. Doktor Reumann. Felix. Wegrat kommt.

Wegrat. Nichts? ...

(Die andern schütteln den Kopf. Julian drückt ihm die Hand.)

Wegrat *(setzt sich nieder).* Man hat nähere Daten, man hat Anhaltspunkte von mir verlangt. Gibt es welche? ... Ich habe keine ... Mir ist es vollkommen rätselhaft. *(Zu Julian gewendet.)* Nachmittag ist sie fort, zu einem kleinen Spaziergang wie manchmal ... *(Zu Felix gewendet.)* Konnte man ihr das Geringste anmerken? ... Es erscheint mir vollkommen unmöglich, daß sie schon an irgend etwas dachte, als sie das Haus verließ, ... daß sie schon wußte – sie geht auf immer fort.

Felix. Vielleicht doch.

Wegrat. Verschlossen war sie wohl – und besonders in der letzten Zeit, seit ihre Mutter tot ist. – Ob es das sein könnte? ... Halten Sie es für möglich, Herr Doktor?

Doktor Reumann *(zuckt die Achseln).*

Felix. Wer hat sie denn gekannt von uns allen? Wer kümmert sich denn überhaupt um die andern?

Doktor Reumann. Es ist wahrscheinlich gut so, sonst würden wir alle toll vor Mitleid oder Ekel oder Angst. *(Pause.)* Ich muß jetzt zu meinen Kranken; ich habe einige unaufschiebbare Besuche. Zu Mittag bin ich wieder da. Auf Wiedersehen. *(Ab.)*

VIERTE SZENE

Julian. Felix. Wegrat.

Wegrat. Da hat man nun so ein Geschöpf heranwachsen sehen, aus einem Kinde ein Mädchen werden, eine junge Dame – und hunderttausend Worte zu ihr gesprochen ... Und eines Tages steht sie vom Tisch auf, nimmt Hut und Mantel und geht ... geht ohne Abschied, und man hat keine Ahnung, wohin sie entschwebt ist, ob ins Nichts, ob in ein neues Leben.

Felix. Aber was immer geschehen sein mag, Vater – sie wollte von uns fort. Und das kann in jedem Fall eine Art von Beruhigung für uns sein.

Wegrat *(den Kopf schüttelnd, ratlos).* Alles flattert davon ... mit Willen, ohne Willen – alles davon.

Felix. Vater, was sich ereignet hat, können wir nicht wissen. Denkbar wäre ja jedenfalls, daß Johanna irgendeinen Vorsatz gefaßt hatte, von dem sie wieder abkommt. Vielleicht ist sie in ein paar Stunden oder Tagen wieder hier.

Wegrat. Du glaubst ... du hältst es für möglich?

Felix. Für möglich – ja. Aber wenn sie nicht käme ... den Plan, von dem ich gestern sprach mit dir, Vater, den geb ich selbstverständlich auf. Unter diesen Verhältnissen denk ich nicht daran, mich so weit und auf so lange Zeit von dir zu entfernen.

Wegrat *(zu Julian)*. Nun will er mir gar ein Opfer bringen!

Felix. Vielleicht ließe es sich auch veranlassen, daß ich hierher transferiert werde.

Wegrat. Nein, Felix, du weißt wohl, daß ich das nicht annehme.

Felix. Es ist kein Opfer. Ich versichere dich, Vater, ich bleibe bei dir, weil ich jetzt nicht fort *könnte*.

Wegrat. O Felix, du könntest – du wirst können. Um meinetwillen sollst du nicht hierbleiben – darfst du nicht hierbleiben. Ich wüßte nicht, inwiefern mir damit gedient sein sollte, daß du diesen Plan aufgibst, den du mit solcher Begeisterung aufgegriffen hast. Ich fände es unverzeihlich von dir, zurückzutreten, und sträflich von mir, es von dir anzunehmen. Sei doch glücklich, daß sich nun endlich für dich ein Weg eröffnet, auf dem du vielleicht alles finden wirst, wonach deine Wünsche gehen. Ich selbst bin glücklich, Felix. Du würdest dein Lebenlang darunter leiden, wenn du diese Gelegenheit versäumtest.

Felix. Aber seit gestern kann sich viel, unendlich viel geändert haben – für dich und für mich.

Wegrat. Für mich – vielleicht. – Aber nichts mehr davon. Ich duld es nicht, ich nehme ein Opfer nicht an. Ich würde es ja annehmen, wenn ich irgendeinen besonderen Vorteil für mich darin sähe. Aber ich hätte dich ja dann nicht mehr, als wenn du fort wärst ... weniger ... gar nicht. Das Schicksal, das über uns hereinbricht, soll nicht zu all seiner eingeborenen Macht auch die schlimmere haben, daß es uns in unserer Verwirrung Dinge tun läßt, die unserm Wesen zuwider sind. Irgendeinmal kommen wir doch über das Unglück hinweg, und wär' es das furchtbarste. Aber was wir gegen unser tiefstes Innere verbrochen haben, das ist dann nicht mehr gutzumachen. *(Zu Julian gewendet.)* Ist's nicht so, Julian?

Julian. Du hast vollkommen recht.

Felix. Ich danke dir, Vater. Ich danke dir, daß du es mir so leicht machst, dir beizustimmen.

Wegrat. Es ist gut, Felix ... In den paar Wochen, die du noch in Europa bleibst, wird man ja noch manches miteinander reden können – vielleicht mehr als in den letzten Jahren. Wahrhaftig, man weiß nicht viel voneinander ... Ah, ich bin müde. Die ganze Nacht sind wir wachgesessen.

Felix. Willst du dich nicht ein wenig ausruhen, Vater?

Wegrat. Ausruhen ... Du bleibst zu Hause, Felix, nicht wahr?

Felix. Ja, ich will warten. Was soll man anders tun?

Wegrat. Ich zermartere mir den Kopf ... Warum hat sie nichts zu mir gesprochen? Warum hab ich nichts von ihr gewußt? Warum bin ich ihr so fern gewesen? *(Er geht ab.)*

FÜNFTE SZENE

Julian und Felix.

Felix. Und dieser Mann wurde belogen – sein Leben lang – von uns allen.

Julian. Es gibt auf dieser Welt keine Sünde, kein Verbrechen, keinen Betrug, der nicht gutzumachen ist. Und gerade für das, was hier geschehen ist, sollte es keine Sühne und kein Vergessen geben?

Felix. Sollten Sie es nicht verstehen? ... Hier hat man die Lüge ins Ewige getrieben. Darüber kann ich nicht weg. Und die das getan hat, war meine Mutter – der sie dahin gebracht hat, waren Sie – und die Lüge bin ich selbst, solange ich für einen gelte, der ich nicht bin.

Julian. So laß uns die Wahrheit sagen, Felix. – Ich stelle mich jedem Richter, den du wählst, füge mich jedem Spruch, der über mich verhängt wird. — Soll gerade ich auf immer verdammt sein? Soll ich, der einzige unter allen, die gefehlt haben, niemals sagen dürfen: „Es ist gesühnt"?

Felix. Es ist zu spät. Ein Geständnis hebt eine Schuld nur auf, solange der Schuldige dafür bezahlen kann. Diese Frist, Sie fühlen es wohl selbst, ist längst abgelaufen.

SECHSTE SZENE

Felix. Julian. Sala.

Felix. Herr von Sala! Sie haben mir etwas zu sagen?

Sala. Ja. — Guten Morgen, Julian ... Bleiben Sie, Julian. Es ist mir willkommen, daß ich einen Zeugen habe. *(Zu Felix.)* Sie sind entschlossen, die Expedition mitzumachen?

Felix. Das bin ich.

Sala. Ich auch. Aber es wäre möglich, daß einer von uns von dem Entschlusse abstehen wird.

Felix. Herr von Sala ...?

Sala. Es wäre nicht in der Ordnung, könnte man finden, sich mit jemandem auf eine so weite Reise begeben, der einen vielleicht lieber totschösse, wenn er einen vollkommen kennte.

Felix. Herr von Sala, wo ist meine Schwester?

Sala. Ich weiß es nicht. Ich weiß es nicht, wo sie in diesem Augenblick ist. Gestern abend, eh' Sie kamen, hat sie mich zum letztenmal verlassen.

Felix. Herr von Sala —

Sala. Ihr Abschiedswort an mich war: Auf morgen. Sie sehen, daß ich heute früh allen Grund hatte, überrascht zu sein, als Sie bei mir erschienen. Erlauben Sie mir ferner, Ihnen zu sagen, daß ich gerade gestern Johanna bat, meine Frau zu werden, was sie lebhaft zu erschüttern schien. Diese Mitteilung mache ich Ihnen keineswegs, um etwas zu beschönigen. Denn in meiner Bitte lag nicht die Absicht, irgendein Unrecht gutzumachen, sondern es war wahrscheinlich nur eine Laune

— wie mancherlei anderes. Es handelt sich nur darum, daß Sie die Wahrheit erfahren. Ich stehe Ihnen also in jeder Weise zur Verfügung. — Das zu sagen, hielt ich für durchaus notwendig, ehe wir am Ende in den Fall kommen, zusammen in die Tiefen der Erde hinabzusteigen oder vielleicht unter einem Zelte zu schlafen.

Felix *(nach einer langen Pause).* Herr von Sala ... wir werden nicht unter einem Zelte schlafen.

Sala. Wie?

Felix. So weit geht Ihre Reise nicht mehr.

(Große Pause.)

Sala. So ... Ich verstehe Sie. Sie sind dessen sicher?

Felix. Vollkommen. — *(Pause.)*

Sala. Johanna wußte es?

Felix. Ja.

Sala. Ich danke Ihnen. — Oh, Sie können ruhig meine Hand nehmen. Die Angelegenheit ist ja so ritterlich geordnet als nur möglich. — Nun? ... Es ist nicht einmal üblich, die Hand demjenigen zu verweigern, der zu Boden liegt.

Felix *(reicht ihm die Hand. Dann:)* Und wo mag sie sein?

Sala. Ich weiß es nicht.

Felix. Machte sie keinerlei Andeutungen?

Sala. Keine.

Felix. Aber haben Sie keine Vermutung? Hat sie vielleicht irgendwelche Verbindung angeknüpft — im Ausland? Hat sie irgendwo Freundinnen oder Freunde, von denen mir nichts bekannt ist?

Sala. Nicht, daß ich wüßte.

Felix. Glauben Sie, daß sie noch lebt?

Sala. Ich weiß nicht.

Felix. *Wollen* Sie nicht mehr reden, Herr von Sala?

Sala. Ich *kann* nicht mehr reden. Ich habe jetzt nichts mehr zu sagen. Leben Sie wohl, reisen Sie glücklich. Grüßen Sie den Grafen Ronsky.

Felix. Wir sehen einander doch nicht zum letztenmal?

Sala. Wer kann das wissen?

Felix *(reicht ihm die Hand).* Ich eile zu meinem Vater. Ich glaube mich verpflichtet, ihm mitzuteilen, was ich von Ihnen erfahren habe.

Sala *(nickt).*

Felix *(zu Julian).* Adieu. *(Ab.)*

SIEBENTE SZENE

Julian und Sala.
Beide entfernen sich.

Julian *(da Sala plötzlich stehenbleibt).* Warum zögern Sie? Gehen wir.

Sala. Es ist sehr seltsam, es zu *wissen.* Schleier gleiten über alles ... Fort mit euch! Ich habe keine Lust, es mir gefallen zu lassen, solange ich noch da bin – und wär' es auch nur für eine Stunde ...

Julian. Glauben *Sie* es denn?

Sala *(sieht Julian lange an).* ... Ob ich es glaube ...? – Er hat sich gut benommen, Ihr Sohn ... Wir werden nicht unter einem Zelte schlafen ... Nicht übel! Das hätte mir einfallen können ...

Julian. Warum kommen Sie nicht? Haben Sie vielleicht doch noch etwas zu sagen?

Sala. Das will ich Sie fragen, Julian.

Julian. Sala?!

Sala. Ich habe nämlich von einer sonderbaren Halluzination nicht gesprochen, die mir begegnet ist, eh' ich hierher fuhr. Ich denke, es war eine ...

Julian. So reden Sie doch!

Sala. Denken Sie: Eh' ich mich vom Hause entfernte – gleich nachdem Felix fortgegangen war, ging ich in meinen Garten – das heißt, ich lief durch ihn – in einem sonderbaren Zustand von Erregung, den Sie begreifen werden. Und als ich am Teich vorbeikam, da war mir, als säh' ich auf dem Grund ...

Julian. Sala!

Sala. Die Wasser schimmern grünlich blau, überdies fallen am frühen Morgen die Schatten der Buchen darüber hin. Und seltsamerweise sprach Johanna gestern dieses Wort: „So wenig dies Wasser mein Bild behalten kann ...“ – Es ist auch eine Art, das Schicksal herauszufordern ... Und als ich an dem Teich vorüberkam, war mir, als hätte ... das Wasser doch ihr Bild behalten.

Julian. Ist das wahr?

Sala. Wahr – oder nicht wahr ... was soll mir das bedeuten? Das könnte doch nur dann ein Interesse für mich haben, wenn ich in einem Jahr oder in einer Stunde noch auf der Welt wäre.

Julian. Sie wollen – –?

Sala. Natürlich will ich. Sie denken doch nicht, ich werde warten? Das fänd' ich ein wenig peinlich. *(Zu Julian, lachend.)* Wer wird Ihnen jetzt die Stichworte bringen, lieber Freund? Ja, nun ist es aus ... Wo ist nun alles? ... Wo sind die Thermen des Caracalla? Wo ist der Park von Lugano? ... Wo ist mein hübsches kleines Haus? ... Nicht weiter und nicht näher als jene marmornen Stufen, die in eine geheimnisvolle Tiefe führen ... Schleier über alles ... – Ihr Sohn wird es vielleicht erfahren, ob es mit der dreihundertzwölften zu Ende ist – und wenn nicht, so wird es ihn wenig kümmern. – Finden Sie nicht, daß er sich brav gehalten hat? ... Es scheint mir überhaupt, daß jetzt wieder ein besseres Geschlecht heranwächst – mehr Haltung und weniger Geist. – Grüß' Sie der Himmel, Julian.

Julian *(will ihm folgen).*

Sala *(mild und bestimmt).* Bleiben Sie, Julian. Unser Dialog ist zu Ende. Leben Sie wohl. *(Rasch ab.)*

ACHTE SZENE

Julian und Felix. Dann Wegrat.

Felix *(kommt rasch).* Herr von Sala ist fort? Mein Vater wollte mit ihm reden. – Und Sie sind noch hier? ... Warum ist Herr von Sala fort? Was hat er Ihnen gesagt? – Johanna ...! ... Johanna ...?

Julian. Sie ist tot ... sie hat sich im Teich ertränkt.

Felix *(mit einem Aufschrei des Entsetzens).* Wo ist er hin?!

Julian. Du findest ihn wohl nicht mehr.

Felix. Was hat er vor?

Julian. Er bezahlt ... zur rechten Zeit ...

Wegrat *(kommt von der Veranda).*

Felix *(ihm entgegen).* Vater ...

Wegrat. Felix! Was ist geschehen?

Felix. Wir wollen nach Salas Villa fahren, Vater.

Wegrat. Tot? ...

Felix. Vater! *(Er ergreift die Hand Wegrats und küßt sie.)* Mein Vater!

Julian *(ist langsam gegangen).*

Wegrat. Müssen solche Dinge geschehen, daß mir dieses Wort klingt, als hört' ich's zum erstenmal ...?

NACHWORT

Wer einst Albert Bassermann in der Rolle des Herrn von Sala, die eine seiner besten war, gesehen hat, dem ist Schnitzlers Schauspiel *Der einsame Weg* noch vertraut; die historische Distanz zu dem 1903 entstandenen Stück vermag der Erinnerung an solche Menschengestaltung nichts anzuhaben. Doch bleibt die Dichtung auch für den Leser, der keine Reminiszenz dieser Art kennt, ein wesentliches Beispiel für Schnitzlers Gestaltungskraft. Dank suggestiver Kunst fühlt er sich einbezogen in die Welt der Jahrhundertwende, in die Stimmung des Wiener „Fin de siècle", wie sie der Impressionist, der geistvoll-ironische Autor, der erkennende und andeutende Psychologe Schnitzler dargestellt hat. Skeptisch gegenüber allem menschlichen Tun und Fühlen, in mancher Hinsicht dem Russen Tschechow ähnelnd, empfand er seine Epoche als Spätzeit des Bürgerlichen, die im Vergehen war. Diese Welt hat Schnitzler beschrieben, mit Melancholie, mit Liebe wie mit Kritik, mit feuilletonistischer Feder, mit dem durchdringenden Blick des Arztdichters, der seine Werke selbst Diagnosen genannt hat. Der Tod bildet das Kernthema, auf ihn sieht er das menschliche Leben stets bezogen; eine Metaphysik gibt es für ihn nicht. Sein anderer Grundakkord des Menschlichen ist die Einsamkeit, die er als Denker, der Schein und Sein im Spiel des Lebens zu durchschauen bestrebt war, mit Ironie und Weisheit des Stoikers oder mit der Schärfe des pessimistischen Analytikers geschildert hat.

1889/90 entstand sein Einakterzyklus *Anatol*, zu dem Loris, der junge Hugo von Hofmannsthal, einen Prolog schrieb, der Entscheidendes über Schnitzlers Werk aussagt:

Also spielen wir Theater,
Spielen unsre eignen Stücke,
Frühgereift und zart und traurig,
Die Komödie unsrer Seele,

Unsres Fühlens Heut und Gestern,
Böser Dinge hübsche Formel,
Glatte Worte, bunte Bilder,
Halbes, heimliches Empfinden,
Agonien, Episoden ...

Außer *Anatol* hat Schnitzler, Meister der kurzen Dialogszene, eine Reihe (zum Teil zyklischer) Einakter geschrieben: die mit bösem Witz satirisch-desillusionierenden Szenen vom *Reigen* (1897), aus denen später ein Film geworden ist; *Der grüne Kakadu* (1899), Schein und Wirklichkeit vermischende Szenen aus der Französischen Revolution, eine Gesellschaft schildernd, die ihren Untergang nicht wahrhaben will; *Paracelsus* (1899), in dem es heißt: „Wir spielen immer / Sicherheit ist nirgends"; *Literatur* (1901); *Lebendige Stunden* (1902); *Komödie der Worte* (1915).

Der erste große Bühnenerfolg Schnitzlers war sein Schauspiel *Liebelei* (1894); es spiegelt in der Sphäre sozialer Unterschiede die unglückliche Liebe eines „Süßen Mädels" aus der Wiener Vorstadt, einen durch ihn in die Literatur gekommenen Frauentyp, der in seinem Werk vielfach wiederkehrt – neben der eleganten, mondänen oder auch dekadenten Großstädterin. Die bürgerliche Oberschicht aus dem alten Wien hat er in *Zwischenspiel* (1906) und in der Tragikomödie *Das weite Land* (1911) dargestellt.

Als Erzähler, auf dessen Anfänge Maupassant gewirkt hat, veröffentlichte er zuerst die Novelle *Sterben* (1895), gestaltet mit den Einsichten des Arztes und Psychologen. Besonders charakteristisch für seine Prosa ist die in Form eines Monologes geschriebene Novelle *Leutnant Gustl* (1901), um deretwillen Schnitzler seinen Offiziersrang in der k. u. k. Armee verlor. Diese in unseren Tagen modern gewordene Form des inneren Monologes hat er in *Fräulein Else* (1924) noch einmal virtuos vorausgenommen. Aus der großen Zahl seiner Erzählungen seien weiterhin genannt: *Casanovas Heimfahrt* (1918), *Traumnovelle* (1926), *Spiel im Morgengrauen* (1927), *Flucht in die Finsternis* (1931). Von seinen Romanen, die Themen jener Zeit widerspiegeln, hat *Der Weg ins Freie* (1908) besondere Bedeutung als ein Buch aus dem Wiener Judentum; es ist thematisch verwandt seinem Schauspiel *Professor Bernhardi* (1913). Soziale Probleme schilderte er in *Therese, Chronik eines Frauenlebens* (1928).

Arthur Schnitzler wurde am 15. Mai 1862 in Wien geboren, er war der Sohn eines berühmten Internisten der dortigen Universität. Er studierte zunächst Medizin, gab aber nach einigen Jahren seine Praxis auf, um zu schreiben. Entscheidenden Einfluß auf sein Werk hat die Psychoanalyse von Sigmund Freud gehabt. Wenn er auch zunächst zur „Wiener Moderne" gehörte, wie Hermann Bahr sie verkündet hat — mit der Bezeichnung, er sei ein Wiener Naturalist gewesen, wird sein Werk nur teilweise getroffen, weil er als Schilderer der Komödie dieses Lebens seinen eigenen Weg ging. Vor dem Ersten Weltkrieg gehörte er zu den meistgespielten Bühnenautoren. Er starb am 21. Oktober 1931 in Wien.

Bei Schnitzlers Tod schrieb Stefan Zweig: „Alle Elemente unserer gemischten und eben durch Vermischung eigenartigen Nation waren in seinem weiträumigen Werke lebenswirklich vertreten, die alte, die neue Zeit und ihr Übergang, Adel und Bürgertum, die Stadt und das Land, das Sterben und doch nicht Sterbenwollen unserer Kultur, der innere Glaube des Österreichers und sein skeptisches Nichtglaubenwollen, seine Melancholie und seine Ironie, all dieses merkwürdig und einmalig Verbundene, das keine Formel ausdrücken kann und das nur anschaulich wird durch wahrhaft gesehene Gestalten eines Dichters." *hs*